Loi n°49-956 du 16 juillet 1949 sur les publications destinées à la jeunesse

© 2025 Julien MASSIGNAN
Édition : BoD · Books on Demand,
31 avenue Saint-Rémy, 57600 Forbach,
bod@bod.fr
Impression : Libri Plureos GmbH,
Friedensallee 273, 22763 Hamburg
(Allemagne)
ISBN : 978-2-3225-5112-5
Dépôt légal : Janvier 2025

Julien MASSIGNAN

Cher journal

A Caroline,

*La Fille de mes Rêves,
Ma Fiancée*

Février.

Cher journal,

Je commence ce carnet que j'avais reçu à mon anniversaire l'an passé parce que j'ai envie de raconter mon histoire... Me confier à toi, à moi-même. Ce que je ferai ensuite de toutes ces pages, on verra bien...

Je m'appelle Théophile, et j'ai 17 ans.
Petit résumé de ma vie jusque-là :
- Je suis né un 4 février, et je suis du signe du verseau.
- Ma petite sœur Agathe est arrivée trois ans plus tard.
- J'ai bien aimé aller à l'école, et surtout pour deux raisons : au CP, j'ai rencontré Arthur et Boris. Ils sont très vite devenus mes meilleurs amis ! Et ils le sont encore aujourd'hui. Et puis, au CM1 et au CM2, j'ai eu un maître génial : Monsieur Grant. Passionné et passionnant,

grand adepte du sport, de l'humour et de la gentillesse.
- C'est au cours de l'année de CM2 que Monsieur Grant est arrivé un matin avec une grande idée : emmener toute la classe tous les quinze jours au refuge pour animaux. Au départ, je n'ai pas été emballé par l'idée. Bien qu'aimant beaucoup les chiens et les chats, je n'étais pas très sportif (contrairement à Boris et Arthur, les plus rapides de l'école!) et la perspective d'être obligé de marcher toute une après-midi ne m'enchantait pas du tout !

Et pourtant, dès la première visite, j'ai aperçu Louve : elle était encore toute petite, elle n'avait que deux mois. Cet animal à tête de loup polaire est immédiatement devenue mon amie. J'ai commencé à lui rendre visite deux ou trois par semaine, puis tous les jours. Et après qu'elle ait été adoptée par une famille, puis qu'elle se soit échappée pour revenir toute seule au refuge, mes parents se sont décidés à l'adopter !

Grâce à Louve, je me suis mis à me balader tous les jours, mais aussi à courir (et à aimer ça!). Elle a 7 ans aujourd'hui, et elle est toujours en pleine forme !

- Quelques mois plus tard, l'entrée en sixième a pourtant été bien compliquée. Tout d'abord, mes parents se sont séparés. Agathe et moi avons donc commencé à vivre la moitié du temps chez Maman, qui a gardé la maison, et l'autre moitié chez Papa, avec qui on a habité pendant un temps dans un camping-car, puis dans le chalet de sa grand-mère, au fin fond des bois, jusqu'à ce que l'on trouve une jolie maison dans laquelle Papa vit encore aujourd'hui.

Seconde épreuve de cette année-là : Boris et Arthur ont eu la chance de se retrouver dans la même classe, et moi je me suis senti bien seul les premières semaines.

Mais c'est là que je l'ai rencontrée : CAROLINE...

A la question « peut-on tomber amoureux quand on a 11 ans ? », ma réponse est OUI !! Et ce fut comme si je l'avais reconnue... Tellement belle, gracieuse, douce, drôle, bouleversante.

- La suite de mon année de sixième n'a alors plus rien eu à voir avec la première : Caroline et moi sommes vite devenus amis et je passai mes heures de cours assis à côté d'Elle. On se retrouvait aussi souvent pour faire nos devoirs ensemble.

Non seulement Elle était incroyablement belle mais il y avait aussi une douceur fabuleuse qui se dégageait d'Elle. J'étais sous le charme permanent de son sourire, de la délicatesse de ses gestes, de son regard bleu et si profond.

Je découvrais que la beauté de ses traits était aussi le reflet de celle de son âme : une gentillesse et une sensibilité merveilleuses.
On aurait dit une Fée.
On aurait dit un Ange.
On aurait dit une Déesse.
Depuis ces jours-là, Caroline est devenue la Fille de mes Rêves. Et moi, je suis devenu un Amoureux Rêveur.

- Un jour, Arthur et Boris sont arrivés avec une super idée pour nous retrouver réunis dans la même classe dès l'année suivante : il s'agissait de terminer dans les vingt premiers d'une course de 2000 mètres qui allait désigner les futurs élèves d'une classe avec section sportive. C'était loin d'être gagné pour moi mais j'ai alors commencé à m'entraîner dur avec Louve. Ceci dit, ma Louve a dû me laisser achever mon entraînement tout seul : elle attendait des bébés !

Grâce aux conseils de Monsieur Grant, mon ancien maître d'école, j'ai bien progressé, et le jour de la course est enfin arrivé. Sans surprise, Boris et Arthur l'ont emportée haut la main... Quant à Caroline et moi, nous avons fini ensemble 14 et 15ème !
- Quelques temps plus tard, deux petits louveteaux sont nés ! Le petit noir et blanc a été adopté par Noé, le grand copain de ma petite sœur Agathe, grand sportif lui aussi. La petite toute blanche, je l'ai offerte à Caroline, et elle l'a appelée Daphnée.
Quant à Louve et moi, nous nous sommes remis à courir ensemble !

Les trois années suivantes de collège, je les ai donc passées avec Caroline, Arthur et Boris. Le bonheur !
Mais j'aurais parfois pu me mettre des claques : je voyais de temps en

temps une occasion de me rapprocher un peu plus de Caro, de lui dévoiler un peu de mes sentiments... Mais jusqu'à ce que je trouve le courage de me lancer, c'était toujours trop tard. Et je replongeais dans mon état de contemplation rêveuse.

Il y a quand même eu une occasion que j'ai su saisir au cours de l'année de quatrième. Caroline portait souvent une épingle à cheveux très jolie, en forme de feuille dorée. Un jour, je me suis approché et j'ai dit :
— Oh attends, tu as une feuille dans tes cheveux !

Et ma main a effleuré sa chevelure dorée. L'espace d'une seconde.
— Oups non, c'est ton épingle !

Elle a ri. Et moi, j'ai marché sur un nuage tout le reste de la journée.

Parfois, on se retrouvait avec toute la bande pour se balader ou courir avec les chiens. Et puis, un jour du mois de juillet, la fin du collège est arrivée. J'ai eu mon brevet, et Caroline aussi, classée dans les toutes premières de l'Académie.

Soirée organisée pour fêter les grandes vacances et la nouvelle page qui s'ouvrait à nous. Et cette annonce terrible : Caroline et moi n'allions pas être dans le même lycée. Ses parents et Elle allaient déménagé au cours de l'été à plus de 100 kilomètres de là.

En toute fin de soirée, on s'est retrouvés assis côte à côte devant un feu, en écoutant la mélodie de deux guitares en face de nous.

Epaule contre épaule, pendant quelques minutes.

J'en ai profité pour lui glisser qu'à la rentrée, je ne savais vraiment pas à côté de qui j'allais m'asseoir. Qu'il vaudrait mieux que je laisse la place vide, comme ça je pourrais mieux l'imaginer encore à côté de moi.

Caroline m'a alors regardé avec toute l'intensité de ses yeux bleus. Et Elle m'a souri.

J'aurais eu envie de passer le reste de ma vie à ses côtés. A lui parler, à l'écouter, à rire ensemble et à prendre soin d'Elle. Au lieu de ça, je ne savais même pas quand je la reverrai. Peut-être jamais ?

Je pouvais malgré tout me dire que j'avais rencontré Celle qui avait enflammé mon cœur et illuminé mon existence. Mon seul programme était de passer le reste de ma vie sur Terre à rêver d'Elle. A penser encore et encore à cette fabuleuse sensation d'éprouver tout cet Amour.
Je me sentais infiniment triste, mais heureux aussi d'avoir rencontré la Fille de mes Rêves, d'avoir vécu ces années magiques à être son ami, à bavarder en classe, à la contempler beaucoup, et même à rêver pour de vrai, parfois.

J'étais amoureux de Caroline.
Et je savais au plus profond de mon cœur que c'était pour toujours.

Les deux mois de grandes vacances qui ont suivi ont été très difficiles à traverser. Heureusement, il y avait les copains. L'été là, on s'est retrouvés presque tous les jours avec Arthur et Boris. Pour courir, pour pique-niquer, pour jouer au

basket, au foot ou au tennis. Mais parfois, je crois que je partais loin dans mes pensées. Silencieux pendant un long moment.
Un jour, Boris m'a regardé avec un petit sourire, et il m'a simplement dit :
– Aaaah... Caroline !

Et puis, il y avait ma chère Louve. Elle est venue me trouver, assis au milieu de mes ruines. Elle est venue m'aider à me relever, à sortir de ma tristesse, à combler ce vide immense qui m'habitait. Elle me suivait partout et m'offrait son Amour inconditionnel. Et elle essayait de me transmettre un peu de sa joie de vivre.

Et voilà la rentrée de Seconde qui arrive. Arthur, Boris et moi ne sommes plus dans la même classe, mais on se retrouve tout de même ensemble en anglais, en allemand et en sport.

En allemand justement, mais aussi en physique-chimie et même en maths, mes résultats ne sont vraiment pas terribles. Heureusement, je m'en sors bien dans les autres matières.
Les mercredis et les samedis après-midis, on se retrouve la plupart du temps pour faire nos devoirs avant d'aller courir.
Agathe et Noé font la même chose de leur côté. Noé vient avec Iago, le petit de Louve. Pendant qu'on travaille, Iago et Louve jouent tous les deux. Ils mangent et ils dorment ensemble. Puis ils jouent encore, jusqu'à l'heure de la course !

Plus de quatre mois après ce tout dernier moment passé avec Caroline, j'ai une grande idée : et si je lui proposais qu'on se retrouve tous pour un repas chez moi avant Noël ?
J'envoie un message groupé à tout le monde : Boris et Arthur ; Agathe, Noé ; Caroline et sa meilleure amie, Eléa.

Et c'est ainsi que la bande se reforme régulièrement, au rythme d'une après-midi à chaque période de vacances.
Et moi, je continue d'être totalement et complètement sous le charme de Caroline... Et désespérément silencieux aussi.

Un jour de l'année suivante, lors de nos retrouvailles des vacances de février, et que Caroline est plus belle et gracieuse que jamais, comme à chaque fois, je m'approche d'Elle avec la grande idée très courageuse de lui proposer une part de tarte aux pommes. C'est moi qui l'avais faite.
Impossible de m'empêcher de la regarder un peu d'abord, en train de discuter avec Eléa et Agathe.
Tous les deux, on peut être tellement complices... Pourtant, à chaque fois que je souhaite essayer de lui glisser ne serait-ce qu'une toute petite allusion aux sentiments que j'éprouve pour Elle, je perds toute capacité à former une phrase.
Caroline accepte ma part de tarte et m'offre en retour son sourire

incroyable. Je m'éloigne en nageant dans les airs.
Plusieurs fois ce jour-là, j'ai essayé de trouver une occasion de lui parler. Rien à faire. Je n'ose pas. Et dire qu'il va falloir attendre deux mois au moins avant de la revoir...

Le lendemain, Arthur et Boris me rejoignent à la librairie de Papa. J'y vais souvent pour l'aider un peu à arranger les rayonnages, et aussi pour parcourir tout plein de livres.
- Alors Théophile, me demande Boris, il t'est arrivé quoi, hier ? Tu étais tout pâle et tout bizarre !?
- Je suis amoureux d'Elle... Et je n'arrive pas à le lui dire... ai-je uniquement répondu, sans lever les yeux de l'étagère que j'étais en train de ranger.

Silence... Finalement, Arthur trouve simplement ces mots :
- Ben... C'est la vie.

Vendredi. *Trois jours plus tard.*

Pas de course aujourd'hui. Pas l'énergie. Mais je marche. Beaucoup. Mes pensées circulent à toute vitesse. Et vers midi, je m'endors... Il doit être presque 15 heures lorsque je me réveille. Installé sur un banc, avec Louve qui sommeille encore un peu. J'avale une pomme et un morceau de fougasse aux olives. Et je me remets en marche. Les arbres m'aident à m'apaiser. Le chant des oiseaux aussi. Je marche jusqu'au soir. Avant la dernière montée jusqu'à la maison de Papa, je m'installe au bord de la rivière. Louve fait des allers-retours joyeux jusqu'à l'eau. Je me sens plutôt bien. Un peu... détaché. Moins dans la tourmente. Je passe encore un long moment assis par terre, le regard dans le vide, une main sur le doux pelage de ma Louve.
Et je pleure toutes les larmes de mon corps.

Début juillet. *5 mois plus tard.*
Cher journal,

J'ai bien envie de t'écrire. Ne sois pas trop flatté : c'est juste que je ne sais pas à qui d'autre écrire.
Installé au fin fond des bois depuis hier soir, à Beimbach, dans le chalet de mon arrière grand-mère.
J'ai simplement dit à Papa que j'avais bien envie de débuter mes grandes vacances par quelques jours ici, et je lui ai promis de venir ensuite l'aider à la librairie, comme chaque été.
Papa m'a répondu : « pas de problème ! Profites-en pour passer la tondeuse. »

Le chalet de mon enfance. Un bel endroit pour partir à la recherche de moi-même. J'ai le temps. Enfin, je crois. J'ai bu mon thé dans le même bol que quand j'étais petit. Louve est assoupie à mes pieds. On a marché 3 heures ce matin. Louve a aussi couru après deux chevreuils. C'est bien qu'elle se repose parce que tout à l'heure, juste avant que le soir ne s'installe, on ira encore courir quelques kilomètres.

Je n'ai pas revu Caroline. Depuis février, je n'ai pas proposé de nouvelle réunion de la bande. Ni aux vacances de printemps, ni maintenant. Et jusqu'à présent, personne d'autre ne l'a fait.
Dans la forêt, c'est là que j'arrive le mieux à lire dans mon cœur... Et à mon retour, écrire ce que j'ai lu.
Depuis un moment déjà, mon cœur navigue sans boussole. Mon plus grand boulot est de rester debout.
Heureusement qu'il y a Louve et la course à pied ! Courir m'aide justement à me sentir encore un peu vivant.
Au programme de mes journées, il y a aussi écouter les oiseaux, regarder voler bizarrement les papillons et gracieusement les hirondelles. Mesurer le souffle du vent dans les branches. Me cuisiner de belles salades colorées, des nouilles aux œufs et des omelettes aux œufs aussi.

C'est Henri-David Thoreau qui a dit à peu près que c'est au fond des bois que l'on peut le mieux partir à la recherche de soi-même. Alors m'y voilà. Et j'y vais, encore et encore. Jour après jour. Louve avec moi. Et je cherche. Et parfois, il me semble trouver deux ou trois trucs.

J'ai compris en tout cas que j'en ai sûrement pour le reste de ma vie à arpenter les sentiers dans tous les sens. A grimper et à dévaler le même vallon de mille manières différentes. A regarder au fond des ruisseaux. Et vers l'infini du ciel bleu ou gris.

Je suis perdu. Je suis triste. Je suis amoureux d'Elle. Et je ne le lui ai jamais dit. Et maintenant c'est peut-être trop tard.

Je sais, après tout, sur Terre il y a tout plein de guerres, de souffrances et d'injustices. Il y a la méchanceté. Des milliers d'enfants qui meurent de faim. Des maladies et des accidents. Il y a des forêts qui sont massacrées. Les loups qui se font toujours et encore exterminer. Les dauphins pris dans les filets.

Au regard de tout ça, ma tristesse n'est sans doute pas grand chose.
Et pourtant, elle me paraît être insurmontable. Une épreuve terrible.
Il paraît que c'est dans les épreuves que l'on grandit le mieux. Je vais peut-être devoir aller m'acheter des tee-shirts XXL.
Théodore Monod a écrit en titre de l'un de ses livres « Tais-toi et marche ! ».
C'est ce que je vais faire.

12 juillet.
Cher journal,

La plupart du temps, je me lève tôt. Rarement après 6 heures. Parce que j'aime le matin et aussi parce que j'ai fini de dormir.
Je refuse la présence ou l'invitation de mes amis. Je préfère leur épargner mes états d'âme et ma triste compagnie. Je choisis la solitude.

Pourquoi ne lui ai-je jamais rien dit ?
Ca y est, j'ai à nouveau envie de vomir. Je vais aller me balader encore un peu avec Louve. Après une journée de pluie, le Soleil est de retour. C'est déjà ça.

16 juillet.
Cher journal,

J'ai mal au crâne. Peut-on avoir la grippe en plein été ? Je ressens très fort l'attraction terrestre. J'ai quand même réussi à me traîner jusqu'à la salle de bains, et j'ai avalé deux Doliprane. Du coup, ça va déjà un peu mieux.

Je suis de retour chez Papa, et je lui ai promis de le rejoindre à la librairie cet après-midi.

Arthur est venu se balader avec moi, hier. Il revenait de dix jours à la mer avec ses parents. Il m'a fait promettre de le rappeler tout bientôt pour un footing. En chemin, Arthur m'a aussi expliqué un précepte du Bouddhisme selon lequel tout change tout le temps. La vie est mouvement. Et le temps est un allié. Il y a juste à accepter. Accepter par exemple que je suis amoureux de Caroline, que je ne le lui ai jamais dit, et que maintenant la Vie nous a éloignés.

Il y a tellement d'autres trucs qui ne tournent pas rond dans le monde. Je ne suis plus au courant de grand chose. Mais... Pour que le monde aille un tout petit peu mieux, il faudrait que je sache que je vais revoir Caroline, et qu'Elle est heureuse.
Demain, peut-être.

17 juillet.
Cher journal,

Petit retour au chalet, le temps d'une soirée avec l'Ami Boris. Un de plus qui ne fait pas que revenir, vu qu'il a toujours été là. Et qui est toujours prêt à venir écouter mes états d'âme. Surtout s'il y a des cacahuètes.

Du coup, Louve et moi, on prolonge jusqu'à cet après-midi. La petite souris est là, elle aussi. Elle s'est enfilée le trognon de pomme que j'avais laissé. Alors, j'ai déposé pour elle les quelques miettes de chips que Boris n'avait pas mangées, vu qu'il y avait beaucoup de cacahuètes.

Je sais... C'est pas bien de nourrir une souris, comme ça, à l'intérieur. Mais quand j'imagine ses petits yeux qui pétillent en découvrant le menu du jour, se frotter les pattes de joie avant de se régaler, je peux pas m'empêcher.

Mon cher journal, ça me fait du bien de t'écrire. Surtout le matin, après le petit déj'. C'est là que je me sens le plus inspiré. Et le fait d'écrire quelques-unes de ces pensées qui tourbillonnent dans ma tête en permanence apaise un peu mon esprit en surchauffe.
Il y en a qui vont à l'église. Moi, mon temple sacré, c'est la forêt ! C'est parmi les arbres que je ressens quelque chose de divin sur Terre.

Allez, hop hop hop : après mon écriture matinale, j'ai commencé à faucher les hautes herbes autour du chalet. Comme promis à Papa. J'ai fait la balade habituelle avec Louve, jusqu'au cimetière gallo-romain. Très forts, ces gallo-romains : ils avaient placé leurs tombes au quasi-seul endroit du secteur où il y a un peu de réseau. J'y ai regardé quelques photos du dernier moment passé avec Caroline, en février, et d'autres plus anciennes quand Louve a eu ses petits. Et j'ai envoyé un texto à Papa, pour lui dire que tout allait bien.

Retour au chalet. Re-débroussaillage. Vaisselle, et zou, on est repartis marcher un peu. Cet après-midi, au programme pour Louve, une grosse sieste je pense. Quant à moi, un peu de lecture. Et puis, on ira courir. Peut-être même qu'on tentera un chrono sur un 10 kilomètres bien vallonné.
Je me sens toujours bien, ou au pire mieux, après une séance de méditation ambulante.

Je repense tout à coup à une phrase que j'ai lue un jour, et qui m'a bien plu : *« vis chaque journée comme si c'était la dernière ! »*
Eh bien, si aujourd'hui était (ou est?) ma dernière journée sur Terre, et que j'en avais conscience, déjà à mon avis, je ne débroussaillerais pas autant. Tout d'abord parce que ça me plaît pas, même si le résultat est là ; parce que je sais que je fais passer de vie à trépas tout plein de sauterelles et tout un tas d'autres petites bêtes dont je ne connais même pas le nom. Mais néanmoins précieuses aussi.

Mais là n'est même pas le plus important.
Si je savais qu'à minuit ça en serait fini de moi ici, j'irais faire une grosse caresse à Louve. Et puis, je me dépêcherais de prendre mon vélo en mettant le cap vers l'Ouest. Il faudrait sans doute que je roule super vite parce que là, il est déjà 15h49 et qu'il y a 107,4 kilomètres jusqu'à la maison de Caroline.
Mais imaginons que j'y parvienne... Et qu'il me reste même encore un peu de temps... Alors, je prendrais sa main dans la mienne et je la serrerais très fort. Afin qu'Elle comprenne enfin combien je l'aime.

Mais bon voilà, si aujourd'hui est ma toute dernière journée, personne ne m'a prévenu. Du coup, je vais quand même retourner un peu à mon débroussaillage.

18 juillet.
Cher journal,

Ce matin, je me sens... Ben, je sais même pas trop comment je me sens. Je me sens « rien ». C'est un peu le début d'une journée « rien ». Mais je me dis que je vais quand même essayer d'en faire quelque chose.

Me voilà chez Maman pour quelques jours. Mais j'ai mis la table du petit déj' pour moi tout seul car Maman et Agathe adorent les grasses matinées. Pas grave, je préfère la solitude ces temps-ci.

D'ailleurs, j'ai très envie de retourner au chalet. Là-bas, en plus de Louve, j'ai une compagnie qui me va bien : il y a la petite souris que j'entends trottiner, le soir. Il y a aussi l'écureuil qui habite dans les trois sapins du jardin. Il y a une famille de rouge-queues que j'aperçois souvent. Il y a aussi un vieux nid de guêpes dans ma chambre. Et les taons qui y sont trois fois plus nombreux que n'importe où sur la Terre.

Avant de retrouver Maman et Agathe pour le dîner, mon unique programme du jour est de marcher. Après les 12 kilomètres à fond d'hier soir, j'ai besoin de lenteur. Me balader quelques heures, ce sera bien. Mes pensées vont m'accompagner. Je vais même sûrement encore me parler à voix haute dans la forêt. Peut-être que je pense trop. Mais pas moyen de faire autrement. C'est ma seule idée pour m'en sortir, un jour.

Allez, je finis mon deuxième bol de thé et j'y vais.

Il faut que je m'écoute... Mais difficile de m'entendre.

19 juillet.
Cher journal,

Je lis ceci : « *on ne peut que réussir. L'échec n'existe pas puisque tout contribue à nous faire avancer dans notre voyage.* »
Vu comme ça, oui. C'est sûr. Mais... Sacré voyage quand même. Surtout quand tu te dis que par ta faute tu es passé à côté de l'Amour de ta vie. C'est quand même dingue et consternant d'être là, amoureux de la Fille de mes Rêves, pendant des années, et ne jamais le lui dire.
Au début, bien sûr, j'étais trop petit. Mais après, lorsque l'on s'est retrouvés l'an passé, ou même l'année d'avant, j'aurais pu me lancer !
Cher journal, ça me fait du bien de t'écrire, tu sais.
Je suis très entouré par quelques personnes très précieuses, et Louve. Mais le fait de m'adresser à toi, qui sait tout et qui comprend tout... Ca a quelque chose de rassurant. D'apaisant. Un peu comme si je me

confiais à Dieu ou à mon Ange Gardien.

Les gars qui ont inventé les religions ont sans doute traversé le même genre de tourments que moi, non ?

Alors finalement, peu importe si je parle à mon journal, à Dieu, ou bien si je me parle juste à moi. Peu importe d'ailleurs si c'est la même chose tout ça. Ca me fait du bien.

Traverser cette épreuve.

Rester « *toujours vivant, toujours debout* », comme dirait Renaud.

Et c'est déjà pas mal.

20 juillet.
Cher journal,

Réveillé à 3h45. Levé à 5h30. Début de journée nul après une nuit pourrie, qui suivait une soirée horrible.
Je suis resté assis nulle part, à regarder dans le vide. Même pas eu envie d'aller me balader avec Louve au Soleil couchant. Ca, c'est mauvais signe.
Je m'en veux terriblement.
J'ai tant de peine.
Comment continuer ma vie ?
Je galère à rester vivant.

21 juillet.
Cher journal,

Je suis allé aider Papa à la librairie hier après-midi. Je crois qu'il a compris que je n'allais pas bien. Il n'a rien dit, mais à un moment, il a sorti un livre d'une étagère et me l'a tendu :
– Tiens, a-t-il dit, je te l'offre! Sans emballage, pour pas gâcher du papier. Tu verras, il y a quelques réflexions intéressantes dans ce livre. Et puis comme ça, a-t-il ajouté avant de s'éloigner, tu prendras un peu d'avance pour les cours de philo qui t'attendent, à la rentrée.

Cet ouvrage, c'est les « *Propos d'Alain sur le bonheur* ». J'ai commencé à le parcourir, hier soir. Il y a tout plein de choses qui peuvent « rendre » heureux, explique Alain : passer des moments en famille, rire avec ses amis, jouer avec ses enfants (ou avec son chien!), se

promener dans les bois... Mais l'auteur énonce aussi que le bonheur devrait en fait être un état initial. Un point de départ.
Moi, à la base, je suis un garçon optimiste. Franchement.
Mais là... Quand je pense à Caro... C'est quand même pas évident de ne pas être soufflé, emporté, terrassé.

Je vais bientôt partir me balader avec Louve. Et puis on ira courir un peu aussi. Même si mes jambes sont encore lourdes des 20 kilomètres parcourus hier soir.

25 juillet.
Cher journal,

De retour au chalet. Ce matin, balade traditionnelle avec Louve, en passant par le cimetière gallo-romain. Puis, j'ai passé presque deux heures à faucher les hautes herbes avec la vieille faux en bois. Travail lent et silencieux. Mais qui file des ampoules. Tout ça m'a peut-être un peu remis l'église au centre du village, comme dirait un sportif vosgien célèbre.

Cet après-midi, j'irai courir. Même s'il fait 39°C, il paraît. Je risque d'être très, très centré ce soir.

Heureusement, Arthur et Boris sont venus passer un peu de temps avec moi. Ils savent tellement bien me montrer combien je compte pour eux.

On a passé trois journées formidables au chalet. On est allés prendre un petit déj' de princes à l'auberge posée au pied du Donon, le sommet local. Et puis, on est allés courir, en passant bien sûr par le point culminant. On est allés à la piscine. On a passé nos soirées à jouer au Monopoly. Et on a discuté. Beaucoup.

26 juillet.
Cher journal,

Me revoilà seul, avec Louve. Je reste encore deux jours au chalet.
Vu que je ne sais pas trop quoi écrire ce matin, à part que mon thé est très, très bon, et tout le petit déj' qui va avec aussi ; que j'aime cette ambiance du matin, toutes fenêtres ouvertes : un peu d'air qui circule, les oiseaux, les insectes, et pas un seul autre bruit...
Bref, je ne sais pas trop quoi écrire, alors je vais commencer par deux citations que j'ai relevées lorsque je les ai lues, hier soir. Je ne lis pas que les « *Propos sur le bonheur* », d'Alain. Je lis aussi (enfin, re-relis) les « *Chroniques de Renaud* » parues dans Charlie Hebdo ; aux toilettes je lis aussi le Petit Spirou qui a tellement fait rigoler Boris. Et c'est vrai que c'est très marrant. Mais les Chroniques de Renaud aussi.
Et puis, je lis encore un autre bouquin qui vient aussi de la librairie de Papa, et qui s'appelle

« *Seulement si tu en as envie* », par Bruno Combes.
Il y a parfois de belles grandes phrases dans ce livre. Par exemple :

« *Nous avançons dans la vie, comme des funambules, persuadés que le temps nous aidera à mieux maîtriser notre équilibre sur la corde tremblante de l'existence (...).*
Un jour pourtant, en un instant, tout bascule ; nous ne le savons pas encore mais plus rien ne sera comme avant : le funambule tombe et l'horloge s'affole. »

Tu m'étonnes, que cette phrase je l'ai relevée ! Ce funambule, c'est moi ! Et sûrement tant d'autres aussi.
La suite ne dit pas ce que ça donne pour le funambule, une fois qu'il s'est ramassé dix mètres plus bas...
Ceci dit, seconde citation, issue de ce même livre, un peu plus loin :

« *Il y a deux façons de considérer les épreuves que la Vie place sur*

notre Chemin : comme un malheur ou comme une expérience.
Le malheur nous enferme dans la tristesse et le déclin. Nous devenons notre propre esclave et plongeons dans le renoncement.
Nous pouvons aussi entrevoir une petite lumière qui scintille au milieu des pleurs et des doutes. Entretenons cette flamme qui, un jour, à force d'espoir et de patience, deviendra un magnifique lever de Soleil. »

Je l'aime bien, ce passage. Bon, pour l'instant, chez moi, c'est le malheur qui l'emporte... Mais il y a quand même des moments où il me semble l'apercevoir, cette petite lumière. Mais qu'elle est petite !
Ceci dit, je ne veux pas renoncer.
En ce moment, je renonce si souvent. Et pourtant, la Vie... La Vie doit bien finir par l'emporter ! Naturellement. J'ai bien envie de trouver la force en moi pour entretenir cette flamme. Et tout faire pour l'aider à grandir. Et alors, peut-être... Oui, peut-être qu'un jour, elle

aura tellement grandi qu'elle deviendra un magnifique lever de Soleil. L'annonce d'un nouveau jour.

27 juillet.
Cher journal,

Je n'ai pas beaucoup lu depuis hier matin, alors je n'ai même pas de grande phrase à écrire, sur laquelle je pourrais un peu réfléchir.

Dernier petit déj' au fin fond des bois. La petite balade avec Louve, et c'est parti. Papa va venir me chercher. Franchement, j'appréhende les jours à venir. J'ai découvert que j'aime bien vivre comme un ermite.

C'est pas pour rien que le bouquin de Sylvain Tesson sur son expérience de six mois dans une cabane au bord du lac Baïkal m'a tellement plu.

C'est pas pour rien que j'aime bien me plonger de temps en temps dans les pages de « *Walden* », de Henri-David Thoreau qui, lui, a passé deux années en pleine forêt.

C'est pas pour rien que j'ai tellement aimé l'histoire de celui qu'on surnommait le Caballo Blanco. Ce boxeur retraité qui s'était mis à la course à pieds, et qui s'adonnait à sa passion huit mois par an depuis sa petite cabane posée au cœur des Barrancas del Cobre, ce pays de canyons, territoire des Indiens mexicains Raramuris. Mieux connus sous le nom de Tarahumaras, « le peuple qui court ».

Moi aussi, j'aime bien vivre de cette façon. C'est pour ça que j'aime tant être ici, dans le chalet de mon enfance. Ce lieu qui me ressource. Naturellement, sur la durée, sans eau chaude, et parfois sans eau du tout, dans une maisonnette pas isolée du tout, ce serait un peu délicat.

Pour l'heure, c'est le moment d'aller se promener dans une forêt toute mouillée. Louve a déjà compris. Je ne sais pas comment elle fait. Mais elle me lance des regards en biais. Je sens qu'elle va démarrer par une jolie pointe de vitesse.

28 juillet.
Cher journal,

Hier matin, j'ai donc fermé les volets sur trois semaines qui m'ont fait du bien, passées pour l'essentiel à me balader au fond des bois et au fond de mon âme.
A peine mon téléphone et moi avions-nous rejoint la civilisation que j'ai découvert un texto d'Arthur :
- Ce soir, 18h, le Celti'Trail : 10 kilomètres ! Rien que des sentiers. Départ et arrivée au château de Lutzelbourg, en passant par les ruines du village gallo-romain. Boris et moi, on y sera. Ca te dit ?

Oh oui, ça me dit !
A 16h30, en partant de chez Maman, je prends mon vélo pour parcourir tranquillement les 4 kilomètres qui me séparent du village où a lieu la course. Je laisse mon vélo sur la place et monte à pieds le petit sentier menant au château.

C'est un château du 11ème siècle, mais drôlement bien conservé pour son âge, et qui surveille un méandre de la rivière, la Zorn, depuis le sommet d'un vallon. Je passe sous le porche géant qui servira tout à l'heure de ligne d'arrivée. Il y a tout plein de monde.
- Salut Théophile !

Je me retourne, et découvre un visage familier :
- Salut Noé ! Ca va ? Tu cours aussi ?
- J'aurais bien aimé ! Mais il faut avoir au moins 16 ans pour participer.
- Ah oui, c'est vrai. Bon, tu y es presque !
- Ouaip. Dis, tu as vu qui est là ?

Et le grand ami de ma petite sœur Agathe pointe un doigt en direction d'une silhouette que je connais bien : Monsieur Grant ! Mon maître du CM1 et CM2, grâce à qui j'ai rencontré Louve.

Vu qu'il porte un bermuda et un polo, pas certain qu'il participe à la course. Je m'empresse d'aller le saluer.

— Bonjour, Monsieur Grant !

Il pose une main sur mon épaule, en s'exclamant joyeusement :

— Ah, Théophile ! Je ne suis pas surpris de te voir ici. Comment vas-tu ? Et comment va Louve ?
— Super bien ! Ca va me faire bizarre de courir sans elle aujourd'hui ! Vous participez aussi à la course ?
— Eh non ! Aujourd'hui, je donne un coup de main à l'organisation. Je te verrai passer au kilomètre 7, au niveau du vieux village.

Je n'ose pas lui demander s'il a un nouveau chien auprès de lui car j'ai appris que son cher Barouk s'en est allé l'an passé. Mais il avait plus de 16 ans, ce qui est carrément exceptionnel pour un chien de traîneau !

Je retrouve Boris et Arthur et on part s'échauffer une vingtaine de minutes. Et voici le moment de rejoindre le départ : 130 coureurs !

Ca démarre vite. Après 300 mètres sur du plat, le chemin se rétrécit pour une descente de plus de 3 kilomètres qui nous emmène dans le fond de vallée en zigzaguant. Je me stabilise à la 13ème place. Arthur et Boris sont devant moi. J'essaie de me dire que le classement n'a aucune importance, mais quand même, je suis plutôt content !
4ème kilomètre. Je suis toujours 13ème et je me sens bien. C'est parti pour la montée, jusqu'au 8ème kilomètre.
Les montées, c'est ce que je préfère. Il faut dire qu'avec Louve, c'est notre entraînement quotidien. Je raccourcis un peu ma foulée et j'attaque avec la pointe des pieds dans les portions les plus sévères.
J'occupe la 9ème place lorsque je passe devant Monsieur Grant.
- Bravo, Théophile, me lance-t-il. Continue comme ça ! Plus que 3 kilomètres.

8ème kilomètre. Plus que 2 sur du quasi-plat. J'occupe la 7ème place et ne vais plus la quitter !

- Eh bien, pour une première, c'est une première ! S'exclame Boris.
- Les progrès que tu as faits, c'est juste dingue... ajoute Arthur. Impressionnant !

Arthur franchit la ligne d'arrivée à la 4ème place, Boris à quelques secondes, 5ème.
Mais le plus fantastique, c'est que l'on se retrouve tous les trois sur le podium de la catégorie Junior !

Un peu plus tard, en redescendant le petit sentier pour récupérer mon vélo, ma médaille en bois autour du cou (j'ai aussi reçu des pots de confiture et de miel, et des chamallows que j'offrirai à Agathe), je repense avec nostalgie à la course à laquelle j'avais participé pour faire partie de la 5ème sportive.

Ce jour-là, j'avais franchi la ligne d'arrivée main dans la main, avec Caroline.
J'aurais tant aimé qu'Elle soit là aujourd'hui.

31 juillet.
Cher journal,

J'ai un peu l'impression que la tempête en moi est passée. Le nuage de poussière se dissipe peu à peu. Le vent se calme. Mais je découvre que je suis face à un désert... Et qu'il n'y pas d'autre alternative que d'essayer de le traverser. Je vais tenter de passer cette journée comme si c'était la fameuse toute dernière. Penser à ce qui va bien. A ce qui me rend heureux. Comme cette petite course de canetons observée ce matin sur la rivière.
J'essaie de ne pas sombrer.
Mais parfois, je sombre. Très très bas. Jusqu'à des profondeurs jusqu'alors jamais explorées.

9 août.

Cher journal,

Pendant longtemps, je me suis demandé « qui suis-je ? ».
Mais ce n'est pas la bonne question.
Pas la vraie question.
Celle qu'il convient de se poser avant tout, c'est de savoir qui JE VEUX ETRE ?
D'ailleurs, il s'agit davantage d'une décision que d'une question...

Je souhaite que ma Vie soit faite de courses et de balades dans les bois avec mon Amie Louve. Et aussi avec mes grands copains.
Qu'elle soit faite d'écriture, de dessin, de lecture.
De temps passé avec ma famille.
Quant à l'Amour... Celui que j'ai, je le garde tout au fond de moi. J'aime bien l'idée qui consiste à croire que la Vie peut être magique. Que les choses les plus merveilleuses peuvent arriver.

Ouais... Bon.

Je me sens fatigué. Je dois prendre soin de moi. Au moins un peu. J'essaie de continuer. Quand on est arrivé tout, tout au fond, il doit bien y avoir un genre de trampoline, non ? Ou, au moins, une corde pour commencer à remonter.
Mais c'est dur de ne pas glisser. Voire de se laisser glisser...

Je voudrais renaître de mes cendres. Tel le phénix.
Tout l'amour que Louve me porte, son regard gentil et son énergie joyeuse, sont là pour m'aider.

24 août.
          Cher journal,

Louve est devenue célèbre en ville : elle est la mascotte de la librairie de Papa ! A chaque fois que j'y passe une après-midi pour l'aider, Louve m'accompagne et elle a beaucoup de succès.
Le plus marrant, c'est qu'elle aime bien carrément s'installer dans la vitrine ! Papa et moi sommes sûrs que grâce à Louve, il y a plus de clients.
- Voilà un chien qui donne envie de lire ! A dit Papa en rigolant.
Du coup, il a eu une idée :
- Tu sais quoi, Théophile, a-t-il dit tout en semblant encore réfléchir en même temps, quand tu retourneras au lycée en septembre, je crois bien que Louve va venir me tenir compagnie à la librairie !
- Super idée, P'pa ! lui ai-je répondu.

- Ca me fait penser à autre chose, a ajouté Papa. Une grande nouvelle !
- Une grande nouvelle ?
- Oui, il y aura peut-être aussi le chat d'Emma qui fera bientôt équipe avec Louve à la librairie !

Emma est la vétérinaire de Louve. Mais, depuis bientôt six ans, elle est aussi la fiancée de Papa.
- Ah oui ? ai-je répondu sans trop comprendre.
- Ce que je veux dire par là, a poursuivi Papa, c'est qu'Emma va venir emménager avec nous d'ici quelques temps !
- C'est vrai !? C'est super, P'pa. Tu dois être heureux !

Je me doutais bien que Papa craignait un peu ma réaction. Mais en réalité, ce changement m'allait très bien. J'adore Emma. Je m'entends bien avec ses deux enfants, Victor et Lou. Et j'ai passé depuis longtemps le cap de la jalousie.

En plus, Papa m'a expliqué qu'il allait d'abord falloir effectuer quelques travaux afin d'aménager une partie de la grange, et qu'au final, chacun aura sa chambre. Enfin, je sais aussi que Louve et Brookie le chat s'entendent très bien.

27 août.
Cher journal,

Retour au chalet pour quelques jours en ermite avant la rentrée.

Aujourd'hui est un grand jour. Non pas qu'il va être plus long que les autres. Encore qu'il n'est même pas 5h du mat' et j'en suis déjà à terminer mon deuxième bol de thé.

La chouette hulule encore dehors et les premières lueurs du jour ne pointent pas encore à l'horizon. Juste un beau croissant de Lune, bien campé dans le ciel.

Mais c'est pas ce que je voulais dire. C'est un GRAND JOUR parce que telle est ma décision ! Je décide qu'à partir de maintenant j'arrête de déprimer. J'arrête de me morfondre. Il est temps de bien m'aimer à nouveau. Il est temps de retrouver le sourire. Et il est temps d'espérer.

Ma technique pour parvenir à réaliser tous ces grands objectifs sera celle **des petits pas !**

Je vais donc essayer de ne plus regarder le sommet de la

gigantesque montagne qui se dresse devant moi. Et juste avancer chaque jour un peu sur mon Chemin.

Je sais... Je me doute bien que certains jours, il faudra se contenter de quelques petits pas tout lents, voire même douloureux. Mais il y en aura d'autres aussi parcourus en petites foulées. Et puis certains aussi, j'espère, où je pourrai courir à fond ! Ce qui tombe bien, c'est qu'en course, mon point fort c'est justement les montées !

Pour y parvenir, mon premier précepte consistera à noter chaque jour mes petites gratitudes. Et les grandes aussi. Avec pour objectif numéro 1 de retrouver ma joie de vivre.

Pour commencer, je suis très heureux pour la journée d'hier passée ici avec Boris, Arthur et Louve. Me retrouver – nous retrouver – dans cet endroit qui m'est si cher. Sans doute un peu magique. Aller courir tous ensemble. Grimper sur quelques rochers, sauter par-dessus un ruisseau (ou se baigner dedans en ce qui concerne

Louve). Discuter et rire. Dévaler une pente à toute vitesse. Rencontrer la chauve-souris qu'on a un peu réveillée, suspendue tête en bas dans une grotte. Jouer aux petits chevaux dans l'ambiance toute spéciale du chalet, le soir.

Et puis, oui : espérer... Ou plutôt, faire confiance en la Vie.

Qui sait... Peut-être qu'un jour la Vie me rapprochera à nouveau de la Fille de mes Rêves.

Croissant de Lune dans le ciel
La chouette qui hulule
Un nouveau jour, bientôt
Pour espérer, pour sourire
Et pour aimer.

31 août.

Cher journal,

Le plus important, ce n'est pas ce qui arrive. C'est la manière dont on réagit par rapport à ce qui arrive.
Dernière journée dans le chalet de ma chère arrière grand-mère. Et c'est un endroit idéal, je crois, pour qu'elle puisse m'envoyer un peu de sa lumière depuis ses cieux ensoleillés.
Louve a encore dormi sous mon lit. Je crois qu'elle a un peu peur des bruits qui viennent de la forêt, la nuit. Dernier petit déjeuner ici. Je finis quelques gaufres d'hier soir, qui se sont transformées en crêpes parce que ça accroche moins que dans le gaufrier.
Il n'y a que 14 ou 15 degrés à l'intérieur mais mon thé est bien chaud. A la radio allemande que j'écoute souvent parce qu'on y passe des chansons sympas, il y celle de Rocky 3. Avant d'aller courir, ça file la pêche.

Une nouvelle page se tourne. Une nouvelle page à écrire.
Demain, c'est la rentrée. Et pas n'importe laquelle : la rentrée de Terminale, l'année du Bac. La dernière année de lycée.

Fin octobre.
Cher journal,

Premier samedi des vacances ! Réveillé tôt ce matin. J'aime bien me lever avant 6h. J'ai l'impression d'avoir tout plein de temps devant moi. Que je vais pouvoir profiter de la nouvelle journée qui commence à peine, sous les pâles reflets de la Lune, et dans un ciel encore rempli d'étoiles.

Voilà bien longtemps que je n'avais pas écrit dans ce carnet.
Avant ça, j'ai parcouru un peu les pages d'octobre et novembre du *journal champêtre* d'Edith Holden. Livre dans lequel je me plonge régulièrement depuis que je suis tout petit, lorsque Mamie me l'a offert. J'aime la poésie de ses textes et de ses dessins.
Comme Edith Holden, j'aime parcourir la Nature. L'observer et la contempler.
Hier, j'ai vu un chevreuil, que Louve a poursuivi. Mais malgré la rapidité

de mon amie à oreilles pointues, elle s'est bien vite fait semer.
J'ai vu les arbres multicolores illuminés par le Soleil du matin. J'ai entendu brâmer le cerf, et à la nuit tombée, la chouette a pris le relais avec son joli hululement.
Aujourd'hui, grande balade prévue avec Agathe, Noé et Iago.
L'hiver approche lentement. A l'automne, la Nature se dépouille. Elle s'abandonne doucement à la mort hivernale.
L'hiver, qui commençait déjà le 11/11 selon les Gallo-Romains. Et je suis plutôt d'accord avec eux. Mais ce n'est pas une mort définitive. Au printemps, elle renaît. Elle revient à la vie, plus belle que jamais !

Tu vois, cher journal, j'essaie un peu de faire pareil. Accepter, lâcher prise, laisser s'écouler à travers moi ma tristesse... Et faire confiance. Juste faire confiance en la vie. En sa capacité à se relever, à renaître à chaque fois.
Malgré le vent, malgré la pluie, malgré le froid. En sa capacité à

toujours trouver le chemin, presque comme par magie. Un peu comme cette petite fleur qui pousse dans une minuscule fissure d'un océan de béton. Ou même dans le désert. Il suffit d'une étincelle de vie. D'ailleurs, elle est déjà là : c'est tout l'amour que m'offre Louve chaque jour !

Faire confiance en la Vie... Et arrêter de me torturer.
Oui, mais... Elle est là. Tout au fond de mon cœur. Caroline.
Elle est là. Depuis très longtemps. Depuis la toute première fois que je l'ai vue.
Mais Elle est trop merveilleuse.
Elle est dans mes Rêves.
Est-Elle amenée à y demeurer à jamais ?
Peut-être qu'un jour... Je trouverai le courage d'aller enfin vers Elle.
Après l'hiver ? L'hiver de ma Vie.
Peut-être.

Le temps que j'écrive tout ça, le jour s'est levé. Les arbres sont secoués par le vent. Le ciel est tout gris et il pleut un peu. Mais Louve est venue se poser à mes pieds. Elle attend qu'on aille les voir de plus près, ces arbres qui dansent.

6 novembre.
Cher journal,

Vers 7h ce matin, pour une fois, je dormais encore. Louve, en fidèle mi-chien mi-coq, apercevant les premières lueurs du jour filtrer à travers le ciel tout gris et tout mouillé, est venue s'assurer que je commençais quand même à me réveiller.

Ca ne sert à rien de ressasser le passé. Ca ne sert à rien non plus de se casser la tête pour le futur. Il ne reste donc qu'à s'occuper du présent. Et à la soigner le mieux possible.

C'est Montesquieu qui a dit que, bien souvent, on n'est pas assez attentif au bonheur que l'on est en train de vivre.

Avec Papa et Agathe, on rigole ensemble le soir devant Dragon Ball. A mon avis, ce dessin animé est bon pour la santé.

Dimanche au petit déjeuner, Papa a déposé « le bol à félicitations » (je pense que c'est Emma qui lui a

soufflé l'idée). Il y a placé des petites étiquettes avec des mots pour Agathe ou pour moi, ou les deux en même temps. Une pour Louve aussi, au cas où elle écouterait et pour qu'elle ne soit pas jalouse.
Le visage d'Agathe s'est illuminé lorsqu'elle a lu que Papa la félicitait d'avoir si bien passé l'aspirateur.

Les travaux dans la grange ont commencé : le plancher est presque prêt pour accueillir deux chambres et une salle de bain.
Au lycée, je m'en sors plutôt bien. Avec Boris et Arthur, on continue de se retrouver au moins une fois par semaine pour travailler avant d'aller courir.
Et aujourd'hui, encore une journée sportive au programme, avec sans doute une cueillette de trompettes chanterelles au milieu.

17 novembre.
Cher journal,

Ce matin, c'est dimanche. Et tout le reste de la journée aussi. J'ai donc du temps pour penser.

Dans la chanson de Renaud que j'ai écoutée hier, il dit qu'il a compris qu'il est tel un phénix. Et aussi qu'il a appris à se trouver fantastix. Ca m'inspire !

En philo cette semaine, le prof nous a donné un sujet sur lequel réfléchir (et sur lequel il attend au moins quatre pages, mais pas plus non plus, nous a-t-il expliqué, parce qu'en multipliant par 26, soit le nombre d'élèves, ses cheveux risqueraient de prendre feu).

Le sujet : « ce que je souhaite être, ce que je souhaite faire... Quelle différence ? Quelle connivence ? »

J'ai commencé à écrire que dans les deux cas, il s'agit de me faire confiance. Bien m'écouter afin de toujours choisir ce qui me correspond le mieux.

Et avancer tranquillement et joyeusement. Comme lorsque je cours : plein de montées et de descentes, des zigzags, des petits chemins sinueux et bien techniques. Parfois à travers une forêt sombre. Parfois sur un sentier qui débouche sur un point de vue inattendu et superbe. Des racines, des cailloux... Et aussi parfois deux chemins possibles. Ne pas s'arrêter. Toujours avancer. OK, mais si je me rends compte que je me retrouve sur le mauvais versant ? Eh ben tant pis, je continue quand même et je regarde comment faire pour rallier le bon itinéraire, celui qui me correspond.
Accepter et rebondir. Super haut, j'espère.
On verra si ma copie est à nouveau hors-sujet selon son correcteur.

En levant les yeux de mon carnet, je vois la cime des arbres de la forêt se balancer doucement au gré du souffle du vent. Sapins, châtaigniers, bouleaux, érables, chênes et hêtres pour principaux voisins.

Hier, je courais avec Louve sous un déluge glacé. Il était 16h et on aurait dit qu'il allait faire nuit. Et tout à coup, sur notre droite, deux biches et un cerf ont surgi. Puis ils ont disparu en quelques bonds agiles.

14 décembre.
Cher journal,

Ces derniers jours, avec Agathe, on a regardé tout plein d'épisodes des aventures de Pluto. Avec Dragon Ball, ce sont ces très vieux dessins animés les plus marrants, je trouve.
Et ça m'a inspiré une réflexion : je suis... un peu comme Mickey !
J'habite avec mon chien. Et tous les deux, on vit tout un tas de choses. Ce que je note tout particulièrement, c'est que Mickey prend toujours les choses joyeusement. Avec simplicité et gentillesse. Et... Il offre son amour à la charmante Minnie.
Et si je lui écrivais ? (Pas à Minnie, je parle de Caroline!)
Et si je l'invitais pendant les vacances ? Joyeusement et tranquillement. Avec simplicité et gentillesse.
Et si j'invitais Caroline ?
Rien que d'écrire son prénom et je dois inspirer un grand coup !

Bien naturellement, il y a une différence de taille entre Mickey et moi : contrairement à lui, je ne suis pas un héros de dessin animé !

Ceci dit, c'est vrai qu'il y a beaucoup de héros solitaires, souvent amis avec un animal : Tintin et Milou ; Lucky Luke et Jolly Jumper ; Obélix et Idéfix, par exemple. Franquin a imaginé la jolie amitié entre Spirou et Spip l'écureuil ; et aussi Gaston avec son chat, sa mouette rieuse, sa souris et Bubulle, le poisson rouge. Mais son génial créateur lui a aussi organisé quelques rendez-vous drôles et romantiques avec Mademoiselle Jeanne...

Quand j'ai appris que Caroline déménageait... Cela a été comme une tempête terrible qui s'est déclenchée en moi. Jusqu'alors, je pouvais rêver tranquillement. Et tout à coup, mon Rêve a éclaté en 1000 morceaux.

Aujourd'hui, la tempête a pris une forme nouvelle. Une forme étrange. Avant, j'étais balayé, secoué dans tous les sens. Je trébuchais. Je me prenais des branches sur la tête. J'ai raté quelques virages aussi.

Aujourd'hui, le vent et la pluie ont enfin cessé. Et je suis « toujours vivant, toujours debout » (encore Renaud).

Oui, mais où ?

Sur une plaine gigantesque et monotone. Un territoire désolé. Pas le moindre petit sentier ne se dessine devant mes pieds fatigués mais qui n'abandonnent pas. Le néant, le silence. C'est une tempête d'un autre genre.

Peut-être que c'est bien si on n'y trouve pas le moindre sentier, dans ce désert : ça veut dire que c'est à moi de le tracer ! De trouver la direction qui me mènera peut-être un jour vers la Fille de mes Rêves...

Dehors, un Soleil glacé illumine la montagne. Je vais partir avec Louve prendre un peu d'altitude. 30 kilomètres au programme. Parmi les arbres et les oiseaux. L'endroit idéal pour écouter ce que mon cœur a à me dire.

Belle journée à toi, cher journal. On se retrouve au sommet !

15 décembre.
Cher journal,

C'est dimanche. Le jour de la grasse mat'. Heureusement, parce que hier je me suis levé à 5h36. Et là, ce matin, j'ai attendu 5h48.
Pourtant, j'étais un peu fatigué après ma course, hier soir. A mon retour, j'ai aidé Agathe à finir son devoir de maths, et puis elle m'a dit qu'elle avait bien envie de manger des gaufres. Papa n'était pas encore rentré, et moi ça me disait bien aussi, des gaufres ! On en a donc préparé une jolie pile. On s'est régalés, et Agathe était vraiment heureuse pour cette douce et joyeuse soirée : elle m'a même dit qu'il fallait que je vive 1000 ans, et que c'était sûr que j'irai au Paradis !
On verra ça, mais si effectivement il est déjà sur Terre, comme le croit Renaud, il y a quand même deux ou trois trucs à appliquer. A commencer par l'idée que le Paradis vient de l'intérieur, quand on s'applique à « faire de sa vie son œuvre d'art »,

ainsi que l'a dit Suzuki (pas celui des motos, l'autre).

Bon, pour l'instant je navigue en plein brouillard, et sans aucun phare pour me guider. Sans aucune étoile du berger dans le ciel tout noir et tout voilé... Mais je peux compter sur ma lampe frontale : c'est ma lumière à moi ! Elle n'éclaire pas bien loin pour l'instant. Elle est même vacillante, bien souvent. Mais elle est bien là ! Avec ce sale temps, je ne vois pas bien où je vais. Mais j'y vais. Tant pis si j'avance en zigzaguant.

Comme diraient Seyar, Hyoga et leurs copains, alors qu'ils sont au sol après s'être pris un coup terrible frappé à la vitesse de la lumière par un Chevalier d'or énervé par la colère et marabouté par le Grand Pope : « Brûle, ma cosmo-énergie ! »

Qui sait, si j'y crois, moi aussi je peux m'éveiller au septième sens ?

C'est encore la nuit, c'est vrai, et je n'ai pas de montre. Je ne sais donc pas s'il est 1h du mat' ou bien si le

Soleil va enfin se lever sur un nouveau jour tout neuf et tout radieux. Mais j'ai ma frontale. Et je suis à nouveau debout, car on avance pas très bien en rampant.
Et, comme l'a écrit Victor Hugo : *« demain, à l'aube, à l'heure où blanchira la campagne, je partirai. »*
Renaud a dit à peu près la même chose en chantant que *« dès que le vent soufflera je repartira ! »*.
Et je sais vers où j'irai.
Un petit pas qui deviendra peut-être le tout premier sur un tout nouveau sentier. Je lui écrirai pour l'inviter. Comme ça, l'air de rien.

Viendra-t-Elle ?

21 décembre.
Cher journal,

Solstice d'hiver. Le jour le plus court de l'année. Du temps des Gallo-Romains, on faisait une grosse fête. Symboliquement, ça veut dire que, dès le lendemain, le milieu de l'hiver est passé. On se dirige donc vers le printemps !
Eh ben, très franchement, j'espère que ça va être tout pareil pour moi.
Il est grand temps de guérir.
Bon, après une longue maladie, on ne part pas pour un chrono sur 10 kilomètres juste à la sortie de l'hosto.
Il faut commencer par des petites balades tranquilles. Et puis, petit à petit, se tester sur quelques foulées, histoire de voir ce que ça donne.
Mais ça y est, j'ai quitté l'hôpital.
Plus besoin de venir à mon chevet. Je suis dehors ! Le matin est là.
Une fois dans la rue, je m'arrête un instant pour observer la vie qui s'anime. Ecouter les bruits. Regarder les gens passer. Quelques oiseaux

qui filent dans le ciel. Je respire un grand coup. Oui, le matin est là. Et je me mets en marche !

Mon brouillon est prêt. Je le relis encore une fois, et je l'envoie :

« Coucou Caro !
Comment tu vas ? Ton premier trimestre s'est bien passé ?
Tu as déjà réfléchi à ce que tu feras l'année prochaine ?
Dis, Louve et moi, on aimerait bien vous inviter, Daphnée et toi, pour une après-midi à se balader pendant ces vacances...
J'espère à bientôt, bisous !!
Théophile. »

C'est l'heure zéro. L'heure zéro du nouveau jour qui se lève sur ma Vie. L'heure zéro du chrono de ma nouvelle course. Et je suis plein d'espoir. Je suis sur la ligne de départ. Mieux que ça, même : je viens de m'élancer et d'accomplir les premières foulées !

Au programme : aventure, énergie joyeuse et écoute de mes sensations.

Avec cette tempête, j'avais quitté mon bateau. Mais j'ai emporté l'essentiel avant de partir.

Et j'ai embarqué sur un petit radeau. Tout simple. Mais il est vraiment bien : tout léger et tout modeste. Et quand une grosse vague arrive, il fait aussi planche de surf ! Même si ça secoue, je reste à bord.

Et je suis le capitaine de mon petit radeau. C'est moi qui tiens la barre.

24 décembre.
Cher journal,

Comme les deux jours passés, je vais aider Papa à la librairie aujourd'hui jusqu'à la fermeture, à 16h. Agathe est venue aussi, ainsi que Louve bien sûr. Il y en a du monde, et j'enchaîne les emballages cadeaux.
Chaque jour avant midi, Arthur, Boris et Noé viennent nous faire un petit coucou. Puis, on file courir 45 minutes avec Louve et Iago. Une douche rapide,
une pomme, un casse-croûte, et c'est reparti !
C'est du boulot mais je suis heureux d'aider Papa qui, à mon avis, aurait du mal à s'en sortir tout seul en ces jours de grande affluence.
Et puis, j'aime bien la librairie. L'odeur des livres et cette ambiance particulière à se trouver parmi des milliers d'entre eux.
Ce soir, Agathe et moi irons fêter Noël chez Maman. Puis, on

retrouvera Papa et Emma pour Nouvel An.

Caroline ne viendra pas. Elle m'a vite répondu. Une jolie réponse. Mais voilà, Elle ne viendra pas.

« Coucou Théophile,
Je vais très bien, et toi ?
L'année a bien commencé ! Je ne suis pas encore complètement décidée pour l'an prochain, mais ce qui est sûr c'est que je vais me diriger vers les sciences.
Merci pour ton invitation mais il y a de la famille qui est venue de loin jusqu'à Noël, et ensuite on part quelques jours dans le Jura.
Je te souhaite de belles vacances !
Bisous,
Caro »

Je lui ai fait un petit message en retour en expliquant que, de mon côté, je pense à des études d'Histoire ou de géographie. Et je lui ai souhaité un joyeux Noël. Le lendemain, je lui ai envoyé une

photo de nous tous, lors de notre footing.
Elle a répondu par un cœur.
Et voilà.
Ce soir, c'est Noël ! Alors, il s'agit d'être joyeux.

1er janvier.
Cher journal,

Premier matin de la nouvelle année. La silhouette des arbres commence tout juste à se dessiner au dehors.
Louve et moi irons nous balader après le petit déjeuner.
Il y a une vieille légende (indienne, je crois) qui raconte qu'en chacun de nous il y a un loup blanc et un loup noir. Le loup noir représente la peur et tout ce qui va avec : la colère, la jalousie, le jugement (de soi-même et des autres), la comparaison... Le loup blanc, c'est l'inverse : la bienveillance, la compassion, la sérénité, la joie de vivre. Les deux s'affrontent jusqu'à ce qu'il y ait un vainqueur. Moi qui ai une louve blanche pour amie, ça devrait aider !

Poursuivre mon Chemin en me reliant à mon loup blanc. Et voir ce qui va bien.

5 avril.
Cher journal,

Bien longtemps que je ne t'ai pas écrit. Entre-temps, j'ai eu 18 ans !
Mes résultats restent corrects, mais j'ai un peu raté le Bac blanc. Mon prof de sciences économiques a écrit en commentaire :
« *Le travail a des vertus, et les mathématiques un coefficient 5. Ne misez pas que sur l'EPS pour obtenir votre Bac.* »
Allez zou, à faire signer par les parents ! C'est vrai que j'ai raté l'épreuve de maths (j'ai eu 6), mais j'ai trouvé la remarque un peu sèche quand même.
Ceci dit, j'ai commencé à réviser en me préparant des fiches. Une page par chapitre en Histoire-géo ; et chaque chapitre de philo résumé uniquement avec des citations.

Plus trop le temps d'aider Papa à la librairie, sauf une heure ou deux le samedi. C'est un moment auquel je tiens beaucoup !

A la maison, chez Papa, les travaux sont presque terminés. Ce qui est prévu pour mai et juin, c'est qu'Emma, Lou et Victor viennent presque tous les week-ends, histoire qu'ils finissent tranquillement leur année scolaire et que tout se fasse en douceur pour tout le monde. Emménagement prévu cet été !
Et pour fêter ça (et mon Bac aussi, j'espère!), on partira tous ensemble en vacances sur l'île d'Oléron en juillet.

Avec Boris et Arthur, on participe au groupe UNSS Basket le lundi. Et je continue de passer au moins une heure par jour sur les sentiers avec Louve. Avec tout ça, c'est certain que je ne travaille pas aussi intensément que je pourrais ! Mais tel est mon équilibre.

Et puis, je passe aussi beaucoup de temps à penser. Simplement penser et rêver, toujours et encore, à Caroline.
Oui, mes pensées glissent sans cesse vers Elle.

Tout naturellement. Comme une évidence.

Ca fait du bien de rêver. Rêve merveilleux et sans doute impossible. Mais ces pensées et le minuscule espoir qui les accompagne m'aident à vivre.

Voilà que je me remets à rêver de lui écrire.

Je te laisse, cher journal. Mais cette fois, je te dis « à bientôt ! ».

C'est l'heure de partir avec Louve nous inventer de nouveaux chemins.

Comme tous les jours !

7 avril,

Cher journal,

Je ne pensais tout de même pas t'écrire à nouveau si vite. Ce que je l'aime, cette séance d'écriture ! Ce carnet, ce crayon et tout le petit rituel qui va avec. Et aussi Louve, juste à côté de moi.
Un autre moment où je peux lire en moi-même, c'est lors de mes sessions de course à pieds. Mais là, les pensées filent souvent à toute vitesse, comme moi !
Ici, il y a la lenteur et le soin à former les lettres, à inventer la succession des mots. Je vais malgré tout en profiter aujourd'hui pour courir longtemps. La fenêtre est légèrement ouverte. Le souffle doux du matin et le chant des oiseaux viennent flotter autour de moi et accompagnent ma main qui chemine sur le papier.

Mais ce n'est pas pour te parler d'écriture et de course que je t'écris, cher journal... Figure-toi qu'il s'est

passé un truc fantastique : Caroline m'a écrit !
Voilà son mail :

« Coucou Théophile,

Comment vas-tu ?
J'espère que tout va bien pour toi.
La bonne nouvelle, c'est qu'on est bientôt de nouveau en vacances !
On essaie de s'organiser pour lancer la machine à dates pour se voir tous ensemble...Est-ce que tu serais disponible le 20 mai ? Alors... Je préfère te prévenir tout de suite... Une grosse pression repose sur tes épaules... Cette date est le fruit d'un long cheminement qui a fini par mettre tout le monde d'accord... On n'attend plus que ta réponse...
Voilà, tu sais tout !
Bisous.
Bon week-end !
Caroline »

Peut-être qu'une nouvelle course a commencé !? Le sommet est encore très, très loin. Sans doute. Mais c'est pas grave. On arrive pas en haut de la montagne en hélico. Le plus beau, c'est d'y parvenir en empruntant le petit sentier qui semble tracé rien que pour soi. Et grimper. Pas après pas. A mon rythme. Avec confiance et enthousiasme.
Mon sommet, cher journal, c'est lui dire... Un de ces jours, bientôt peut-être, dire à Caroline que je l'aime depuis toujours.
Juste ça. Qu'Elle sache.

D'ici là, je vais continuer à t'écrire. Je sais que, par moment, c'est mon mental qui s'exprime. Les émotions, les doutes. Mais il y a aussi, j'en suis certain, ce que l'on peut appeler des instants d'écriture inspirée. Où mon âme me parle, à la pointe de mon crayon !

Bon, voilà que j'ai aligné une bonne série de phrases, et le Soleil se lève à peine.

Je continuerai à t'écrire, cher journal. A m'écrire. C'est un peu pareil, pas vrai ?

Mais maintenant, allez le phénix ! Prends ton envol !

Il y a les hirondelles dans le ciel qui reviennent. Et le jeune faon qui traverse le chemin, juste devant moi. Il y a les nuages qui avancent lentement. Et la Vie qui s'écoule. Les fruits qui mûrissent et les fleurs qui s'épanouissent.

Et il y a l'espoir. L'espoir d'un Amour plein de poésie.

J'en suis à rêver, toujours et encore. Depuis si longtemps. Mais parfois, je me laisse aller à me demander pour de vrai : « *et si... ?* »

10 août.
Cher journal,

Voilà à nouveau quelques mois que je n'avais pas écrit dans mon carnet. Il s'en est passé des choses !

A quelques jours de partir courir avec Arthur et Boris sur le sentier qui mène au Mont Blanc, puis à grimper au sommet de celui qu'on appelle « le petit Mont Blanc » (de son vrai nom, le Mont Buet), j'ai envie de reprendre aussi mon crayon.

Tout d'abord, ben oui, j'ai eu mon Bac ! On ne peut pas dire que j'ai réussi brillamment, mais tout de même, c'est une bonne chose de faite. Je ne suis pas passé loin de la mention Assez Bien, grâce à des bonnes notes en philo, en maths et en sport. Mais dans les autres matières, c'était tout juste, avec notamment un 9 en Histoire-Géo, ma matière préférée. Et c'est de ma faute, car je n'avais pas assez révisé certains chapitres, et les sujets qui sont tombés traitaient justement de ceux que je maîtrisais le moins. Je suis malgré tout inscrit à l'Université de Géographie de Strasbourg pour la rentrée, et je suis bien décidé à ne plus faire d'impasses avant les examens ! Même si il y a un beau match de Rolland Garros à regarder.

Arthur et Boris ne seront pas loin de moi, le premier en médecine, le second en sport. Et la grande bonne nouvelle, c'est que l'on va emménager tous les trois ensemble dans un petit appart' !
Je compte rentrer malgré tout chaque week-end, et peut-être même certains soirs, pour retrouver ma Louve le plus souvent possible ! Et puis, je me dis que je pourrai travailler dans le train.

Cela fait maintenant trois semaines qu'Emma et ses enfants se sont installés pour de bon avec Papa. Mais vu qu'ils venaient déjà tous les week-ends depuis un moment, on peut dire que tout s'est fait en douceur. Et tout le monde semble heureux de la petite famille que l'on forme désormais.

Cher journal, j'ai aussi failli inviter Caroline et le reste de la troupe au chalet. Mais entre les révisions, les épreuves du Bac, puis les vacances des uns et des autres, ça ne s'est pas fait.

Vivre instant après instant, du mieux que je peux, c'est mon plus grand conseil pour moi-même !

Suivre ce que mon cœur me dit, regarder mes Rêves prendre leur envol et les suivre en courant !

J'inviterai donc Caroline un peu plus tard. A moins qu'Elle ne m'invite avant ?

Le Bonheur, c'est le Chemin.

Ce qui compte, il paraît, ce n'est pas le résultat mais l'énergie joyeuse que l'on met à vivre ce qui nous y mène.

Je suis d'accord, mais bon, le résultat ça compte quand même beaucoup à mon avis !

Mais, je dois bien me l'avouer : tant que je ne me confronte pas réellement à mon Rêve, il reste bien au chaud dans mon cœur. Et il ne risque pas de se briser en mille morceaux. Et de me briser avec lui.

12 décembre.
Cher journal,

Samedi matin. Un peu avant 7h. Je suis rentré hier en tout début d'après-midi. Et une fois encore, je me suis levé super tôt un des rares jours où j'aurais pu dormir un peu plus longtemps et profiter du moelleux de la couette. Dehors, temps gris et mouillé. Louve est assoupie sur son tapis préféré, sans doute bercée par les musiques des O'Brothers.

Heureusement que c'est celui-ci, son tapis préféré, parce que c'est le seul disponible. Mais le mieux placé aussi : juste devant le poêle à bois.

Au programme ce matin, au moins 30 kilomètres de course dans les vallées embrumées, qui me permettront d'atteindre quelques points de vue, embrumés aussi. En partie en courant tranquillement, en partie aussi en alignant quelques kilomètres bien rapides.

Louve, quant à elle, va sûrement en parcourir quelques-uns de plus que moi, disparaissant de temps en temps à la poursuite de chevreuils ou d'écureuils imaginaires ou pas.

Ces jours-ci, le Soleil disparaît vers l'horizon arboré à peu près au même moment où je pars pour ma balade rapide du soir. Ambiance bien différente du parcours nocturne du matin, avec Boris et Arthur. Et surtout de la promenade de midi, où le paysage devient parfois lumineux sous les rayons verticaux du Soleil.

A 17h, il s'agit déjà de faire bien attention où je pose mes pieds. Mais l'oeil s'adapte progressivement, et je file en petites foulées vers l'un de mes rochers préférés (enfin, le week-end!). Une fois parvenu sur l'un d'eux, pas d'autre solution que de s'arrêter pour contempler. Le silence. Le calme saisissant. Devant moi, les sommets arrondis partagent la sagesse de leur âge pluri-millénaire.

Et voilà mon amie la chouette qui se met à hululer, sans doute pour annoncer le soir qui s'installe. Je lui

réponds de temps en temps, tout en redévalant le sentier. Je croise souvent Louve. Parfois, elle revient se caler dans mon rythme, toute essoufflée par sa course parallèle, et hop elle repart !
Un soir, elle a disparu comme ça pendant un moment. Tout à coup, elle a surgi de ma gauche derrière trois biches. Quelques minutes plus tard, elle est repassée devant moi, à la poursuite d'un renard cette fois-ci. Et puis, c'est après deux sangliers que je l'ai vue courir ! On dirait bien qu'il n'y a pas que moi qui aime sortir au crépuscule.

Il y a quelques jours, sous l'éclat blanchâtre de la Lune, et toujours en conversant avec la chouette, c'est derrière un cerf majestueux que je l'ai vue filer ventre à terre. A croire presque que mon Amie à tête de louve polaire se débrouille pour déranger les habitants de la forêt juste pour que je puisse les apercevoir. MERCI LOUVE !

Alors que j'avance à petites foulées, il n'y a pas que Louve qui file comme le vent.

Il y a mes pensées aussi.

Elles défilent en images et en mots dans ma tête, partout où il y a encore de la place. Les dernières arrivées essayant de pousser les plus anciennes qui s'accrochent encore. Ce sont des instants où je pense avec mon cœur. Des instants sacrés.

Parfois, je repense à la double ascension de cet été.

Pour une fois, Louve n'était pas là. Mais avec Boris et Arthur, quel grand moment lorsqu'on est parvenus au sommet de notre « petit Mont Blanc », à 3096m d'altitude ! Quel grand moment aussi le lendemain lorsqu'on s'est retrouvés en panique sur le chemin du Mont Blanc, le vrai, le grand, après une erreur de parcours... Un sentier taillé dans la roche pas plus large que ma semelle, et sur une paroi pas loin d'être verticale. Jusqu'au moment où quelques échelons métalliques fixés dans la roche représentaient l'unique solution pour parvenir sur une plate-forme. Et en-dessous, des dizaines et des dizaines de mètres de vide. Un seul faux pas, et c'était fichu. Je m'y revois. Je progresse un mouvement l'un après l'autre. Lentement. Anxieusement. Pied droit. Main gauche. Pied gauche. Main droite. Mes muscles se sont transformés en flan aux pruneaux. Dernier échelon. Il s'agit de le franchir pour se faire ensuite rouler sur le sol.

Je dis à Arthur, arrivé avant moi :
- Tu y es allé par la gauche ou par la droite ?
- Par la droite, me répond-il.
- OK. Je le sens peut-être mieux par la gauche...

Sentant mon hésitation, Arthur me rétorque très vite :
- NON. Tu y vas par la droite et tu y vas tout de suite !

Je ne réfléchis plus et je l'écoute. Quelques heures plus tard, en redescendant à Chamonix après avoir grimpé jusqu'à 3000m, on repère l'endroit où l'on s'est trompés d'itinéraire. Et à côté de celui que

l'on a emprunté, un panneau pourtant bien en évidence : « sentier réservé aux alpinistes équipés et expérimentés. Danger de mort. »
Et dire qu'on y est allés en short et chaussures de course...
Je cours encore.
Foulées courtes, petits bonds entre les pierres et les racines du chemin. Synchronisation entre les yeux et les pieds.
Je repense maintenant à ce footing du mois de septembre, juste avant la rentrée à la fac. J'avais reconnu sa silhouette et sa démarche de loin, et j'avais accéléré pour le rejoindre :
– Bonjour, Monsieur Grant !
On a ainsi couru quelques kilomètres côte à côte, en évoquant notamment ces deux années géniales à l'école primaire, dans sa classe.
Et voilà que j'annonçais à mon cher ancien maître que j'allais débuter des études de géographie, et essayer de devenir moi aussi instit', un jour !
– J'ai eu plusieurs idées, lui ai-je alors expliqué : archéologue, journaliste, pompier, pisteur-secouriste, prof de sport ou

d'histoire-géo... Mais finalement, j'ai trop envie de retourner à l'école primaire !
- Et tu aimerais y retourner dès cette année ? M'a mystérieusement demandé Monsieur Grant.
- Euh... Oui ! Enfin... Je dois d'abord passer le concours ! ai-je répondu sans trop comprendre.
- Bien sûr, bien sûr. Mais ce que je te propose, Théophile, c'est de t'essayer au métier dès maintenant dans ma classe, si ça te dit !

Et c'est ainsi que j'ai retrouvé le chemin de mon école. Et dans la classe de mon maître de toujours, qui plus est ! Au rythme d'une après-midi tous les quinze jours, voire une journée entière si je m'offre la liberté de manquer un cours de temps en temps. Parfois, je ne fais qu'observer Monsieur Grant à l'oeuvre. Et c'est très inspirant. Parfois aussi, il me confie la responsabilité d'un groupe ! Journées bien remplies, épuisantes et passionnantes. Il y a de la vie dans cette classe, de la bonne humeur et de la créativité. Et bien sûr, Monsieur Grant a eu l'idée de retourner au refuge pour animaux.

En ces journées mouillées et balayées par le vent, Louve revient de la forêt dans un état post-apocalyptique. Dessablage toute la nuit. Puis aspirateur et serpillière, y compris sur les murs. Et dès que son pelage a retrouvé sa blancheur originelle, on y retourne !
Je garde malgré tout l'espoir que l'on se réveille sous la neige d'ici Noël...

C'est bien d'espérer. Mais il y a peut-être certains rêves qui sont trop beaux pour se réaliser ?
Peut-être.
Ce rêve-là, je l'ai en moi depuis si longtemps. Elle est si jolie, drôle, touchante, sensible, lumineuse... Je la vois comme une Princesse, comme une Déesse.
Ce rêve est si grand, si beau, si pur et si délicat que je n'ose y toucher.

Et pourtant... J'aimerais tant ne serait-ce que lui dire enfin mon Amour pour Elle. Juste ça !
Mais comment m'y prendre ? Est-ce que l'Univers s'en occupe ?
Trouver les mots pour enfin écrire à Caroline. Lui écrire rien qu'à Elle, à nouveau. Trouver une idée pour commencer peut-être un échange épistolaire rien que tous les deux ? Mais la voilà, la grande idée !

Tout ça est bien flou. Et tout ça est sans doute complètement fou. Entre les deux, il n'y a qu'une lettre à effacer, et je préfère de loin le deuxième mot. Ca tombe bien, il y a justement une petite gomme tout au bout de mon nouveau crayon.

2 janvier.
Cher journal,

Un 1er janvier avec tout plein de descentes de luge : voilà une année qui commence joyeusement !
Tout à l'heure, Louve et moi partirons à l'aventure dans ce paysage tout blanc : courir toute la journée dans la montagne, du lever du jour jusqu'aux premiers hululements de la chouette.

Jour symbolique aussi pour faire le point... Pour me laisser inspirer par mes idées les plus grandes afin de continuer à avancer sur mon petit sentier.

3 janvier.
Cher journal,

Dernier jour de vacances. Bien que tout soit blanc au dehors, j'ai très envie d'une journée colorée, soigneusement dessinée avec mes plus beaux crayons.

Voilà que je reprends un peu les mots que Caroline avait utilisés il y a quelques temps lorsqu'Elle m'avait expliqué comment Elle voyait sa vie future. Ils sont tellement jolis, ces mots. Tellement bien choisis. Si seulement on avait poursuivi notre échange à ce moment-là...

4 janvier.
Cher journal,

Croire en ses Rêves et faire confiance : ça s'appelle la « loi de l'Attraction », à ce que j'ai lu.
Jour 2 du « *défi des 100 jours... Pour une vie arc-en-ciel* », écrit par Lilou.
Ce titre m'a encore fait penser aux mots de Caroline.

Objectif du jour : formuler mes Rêves.
Les dire à voix haute, et même les écrire ! En voilà un que je réalise déjà, et notamment tout à l'heure : courir et réaliser de beaux défis de chronos ou d'ascensions. Avec mon Amie Louve, on part pour 20 kilomètres vallonnés aujourd'hui.

En pensant à mon futur rôle d'instit' (j'espère!), voici mon programme, mon texte officiel, en m'inspirant de l'observation de Monsieur Grant, des textes écrits par Albert Jacquard et des paroles de Renaud dans sa

merveilleuse chanson « *c'est quand qu'on va où ?* » :
aider mes élèves chaque jour à se découvrir et à se construire. A bien s'aimer et à aimer les autres, la Terre et la vie. Leur transmettre quelques savoirs et quelques grandes idées aussi. L'amour des mots, des arbres et des animaux.
Et, tout simplement, qu'ils passent de belles journées, joyeuses et créatives, tout en apprenant à découvrir le monde, et à se découvrir eux-mêmes.
Dans son livre « *l'école, réparatrice de destins* ? », Paul Le Bohec explique que l'on ne peut être sûrs que nos élèves seront heureux plus tard... Mais que l'on peut se débrouiller pour qu'ils soient heureux tout de suite !

Et puis, tu t'en doutes, cher journal, je garde mon Rêve le plus grand pour la fin. Je pense à Caroline. J'ai toujours pensé à Elle, en fait ! Peut-être que je préfère toujours et encore juste rêver. Tout seul, dans mon coin. Comme dirait Jean-Jacques : « *je marche seul* ».

10 janvier.
Cher journal,

Ce matin, un jour glacé et lumineux s'installe. Et ça y est, Louve et moi venons de boucler notre premier marathon en 3h39 avec 1629m de dénivelé positif !

Franchement, BRAVO à elle. On sera prêts tous les deux pour notre tour du Mont Blanc cet été, avec Boris et Arthur.

Et si c'était le grand calme avant un tourbillon qui allait m'emporter très, très haut ? Et si le moment était enfin venu de lui écrire ?

N'empêche, Louve a super bien couru.

17 janvier.
Cher journal,

Tout plein de neige, jusqu'à 60 centimètres par endroits ! Toute une journée en classe chez Monsieur Grant. J'ai passé un moment installé à son bureau, avec les élèves qui faisaient la file pour me montrer leurs cahiers du jour. J'ai adoré.
Bataille de boules de neige à la récré. Monsieur Grant en a même balancé quelques-unes sur des parents qui passaient par là. Et ça a joyeusement dégénéré.
Je lui ai dit que, selon moi, il est le meilleur maître d'école du monde.
Il m'a répondu qu'il n'est pas du tout certain que ce soit vrai, mais que c'est toujours agréable à entendre !
Lara, une élève, m'a dit : « toi, quand tu parles, tu as toujours le sourire. Et avec toi, le matin quand tu arrives, c'est toujours cool... »
C'est gentil. Bon, il s'agit de m'appliquer sur les autres moments de la journée aussi !

J'ai regardé avec Agathe et Noé un épisode de « Juliette, je t'aime ».

Je me fais un peu penser à Hugo, le héros de cette histoire : amoureux romantique et rêveur. Très maladroit aussi. D'ailleurs, lui aussi il est timide et il n'ose pas trop y croire... Au début.

20 janvier.

Cher journal,

J'ai eu une idée géniale (enfin, je crois) : écrire à Caroline pour prendre de ses nouvelles, et... lui offrir un exemplaire du « *défi des 100 jours pour une vie arc-en-ciel* » !

En lui expliquant au passage que le titre m'a fait penser à Elle, et que de mon côté je l'ai commencé il n'y a pas longtemps.

Je pense à son sourire et à son regard bleu si profond.

Pourquoi n'ai-je jamais tenté ma chance ?

Je sais ! Parce que Caroline est une Déesse. Celle dont on ne peut que rêver.

Qu'Elle me voit autrement que comme un simple copain, ça me paraît juste impossible.

Et pourtant... Si jamais Elle aussi avait des sentiments pour moi, alors je suis certain que l'on pourrait être Heureux pour toujours !

Avec ce livre, peut-être qu'un nouveau lien va s'installer entre nous ? On pourra échanger nos impressions. Je n'en suis pas encore très loin dans mon défi des 100 jours, et voilà que je suis déjà guidé vers la Fille de mes Rêves !

Bon, simplement échanger avec Elle, ce serait déjà merveilleux !

Je vais devoir me faire rebaptiser Hugo, moi. Mais ne pas m'empêcher, ne plus m'empêcher d'espérer un tout petit peu.

Voilà un petit pas sur mon Chemin qui est super important. Je le sens. Et si le suivant me menait vers le sommet ?

25 janvier.

Cher journal,

J'ai un peu raté mon week-end mais je vais me rattraper ! Hier après-midi, en marchant, j'ai demandé à l'Univers de m'envoyer un signe qui m'aiderait. Et, à mon retour, je découvre le prénom CAROLINE écrit avec les lettres aimantées sur le frigo chez Papa !!!
C'est carrément dingue, quand même... Et totalement inexplicable !

En suivant la technique du livre de Lilou, mon défi du jour consistait à réaliser un tableau de visualisation pour la Vie de mes Rêves. La méthode : parcourir des magazines et découper les photos, les dessins, les morceaux de phrase ou les mots qui m'inspiraient. Coller le tout sur une grande feuille et compléter les trous avec mes mots et dessins qui me viendraient.
J'ai adoré cet exercice !

Mes magazines à disposition : le journal de Spirou et d'autres sur le thème de la course à pieds.
Une des expressions que j'ai ajoutée : « être un Amoureux Rêveur ». J'ai écrit ces mots en pensant très fort à Caroline. Après avoir admiré mon œuvre, je l'ai prise en photo et je la lui ai envoyée.

Elle m'a répondu par un joli message. Est-ce qu'il se passe un truc ?
De tout ce que j'ai lu et appris ces derniers temps, je retiens que tout arrive au bon moment. Quand on est prêt et pas avant.
Juliette et Hugo.
Caro... et Théophile ?
Envie de me laisser aller à espérer pour de vrai. Sans avoir peur de souffrir.

30 janvier.

Cher journal,

J'ai besoin d'aller courir. Longtemps. Et quand je suis trop fatigué pour courir, encore marcher. Jusqu'à ce que l'énergie revienne pour courir à nouveau.

Je zigzague. Mais la course va m'aider à retrouver des idées joyeuses et sereines.

Caro va-t-Elle m'écrire ?
Entretenir un peu notre rapprochement tout récent ?
Allez, courage... Et vive le sport !

31 janvier.
> ***Cher journal,***

Cette nuit, j'ai rêvé d'Elle.
J'ai très envie de lui écrire.

2 février.

Cher journal,

4 heures quelque chose du matin. J'ai déjà pris mon petit déj'. Et avant ça, Louve et moi nous sommes baladés 45 minutes dans les rues endormies. Louve, toute boitillante depuis six jours, a quand même couru après deux chats. Je me dis que si c'est mauvais pour sa patte, c'est sûrement bon pour son moral après une semaine de mini-balades.
C'est assez dingue, je trouve, qu'elle et moi nous soyons fait mal quasi en même temps. Mais moi, ça ne m'empêche pas de courir. J'ai dit à Louve tout à l'heure qu'elle n'a pas à prendre une partie de ma douleur. Si c'est ça, c'est vraiment très gentil, mais je préfère galérer tout seul avec mes quelques vieux trucs qui coincent et qui grincent... Et la voir courir légère et rapide.

Bref, j'ai regardé l'heure à 0h53, et ma nuit était déjà finie. Je dors parfois cinq ou six heures au cours

d'une nuit. Mais là, 2h30, ça fait pas beaucoup pour être en forme toute la journée.
J'ai envie d'écrire.
Tu vois, on est le 2/2, le deuxième jour du deuxième mois de l'année. C'est un peu symbolique. Peut-être qu'on s'en fiche mais c'est aussi mon anniversaire dans deux jours.
Alors, à J-2, autant écrire et raconter un peu ce que j'ai à me dire.

En fait, je vais bien ! Enfin... Je crois. Je suis vivant et debout. Presque tout le temps. Je suis sur mon Chemin, et j'avance parmi les arbres et les oiseaux. Je marche toujours vers mon sommet. J'espère même toucher les étoiles.

6 février.

Cher journal,

Voilà, mon anniversaire est passé ! Je m'en souviendrai longtemps de ce 4 février. Une journée qui commence par un gros câlin à ma Louve. Puis, Agathe qui m'apporte une tartine au beurre et au miel avec une bougie plantée dedans.

Un peu plus tard, toute l'école qui m'accueille en chantant.

Le footing du soir, avec dix sangliers en file indienne qui passent devant moi au petit trot.

Et une belle soirée qui se finit avec de la tarte aux pommes.

Il y a eu aussi tous ces messages reçus tout au long de la journée. Mais surtout, le tout premier, à 6h46 : celui de Caroline.

9 février.

Cher journal,

4h du matin (en progrès!). Délicieux petit déj' avec les beignets de Mamie, qu'elle m'a préparés à l'occasion de mon anniversaire, comme chaque année depuis que je suis tout petit.

J'ai eu les résultats de mes partiels : ça passe tout juste ! C'est dommage parce que j'espérais super bien réussir. Au final, en hydrologie, je n'ai manifestement pas compris le sujet et j'ai eu un 4/20. A l'oral, où j'ai présenté un exposé sur la carte de Besançon, j'étais très confiant. Mais on m'a fait remarquer à la fin que, si tout ce que je racontais était très bien, je ne m'étais presque pas référé à la carte pendant mon discours ! J'ai eu 10,5.

Une matière que j'adore, c'est la réalisation de croquis de synthèse à partir d'une coupe géomorphologique. C'était bien parti pour rendre un travail très soigné,

au stylo Rotring. Mais pas de chance, j'ai laissé tomber mon chewing-gum à dix minutes de la fin de l'épreuve ! Moi qui n'en mâche presque jamais, c'est très bête quand même... Ca a fait une grosse tâche en plein milieu de mon œuvre, et j'ai eu 11.
Heureusement, j'ai eu de bonnes notes en biogéographie, en climatologie et en humanisation de la planète.

Hier, journée historique : tout plein de messages échangés avec Caro... Est-ce uniquement par amitié ?

Aujourd'hui, je vais encore lui écrire !

21 février.
Cher journal,

L'autre soir, Lou m'a demandé si j'étais amoureux. J'ai été un peu surpris par sa question et j'ai juste répondu : « euh, moi niveau amour, c'est un peu le bazar ! »
Mouais, pas terrible comme réponse.
Mais j'ai quand même ajouté : « mais c'est très beau d'être amoureux... Tu verras, un jour ! »
« Non... Berk ! » a-t-elle répliqué.

23 février.

Cher journal,

4h29 du matin. Décidément. Besoin d'écrire. Pendant presque un mois, l'impression de me rapprocher tout doucement de Caroline. De sentir naître une complicité entre nous. Une douce et fragile sensation d'espoir s'est installée. Je me suis laissé aller à imaginer que notre lien allait continuer à grandir. Et même par moment, je t'avoue, je me suis mis à rêver pour de bon. A rêver en grand !

Je pense à la super technique des petits pas. Un pas après l'autre. Mes pas étaient devenus de plus en plus légers ces derniers temps.
Mais les voilà redevenus plus lourds, plus petits, plus pesants. Les messages se sont estompés petit à petit. C'est peut-être de ma faute... Je n'ai pas suffisamment osé.

J'ai rêvé et ça m'a fait du bien.
Je peux continuer à vivre.

Il n'y a pas de tempête à traverser. Juste le désert.

J'ai juste à enfiler mes chaussures préférées, à enfoncer mes mains dans les poches de mon pantalon préféré aussi, et à avancer.

Me forcer un peu à sourire en attendant de sourire pour de vrai.

N'empêche, « Dreams come true », y paraît. Ouais, mais ce Rêve-là est sans doute trop beau, trop grand, trop merveilleux.

Après tous ces messages échangés, j'espère au moins ne pas avoir perdu son amitié en la mettant mal à l'aise, décelant mes sentiments à travers mes mots.

Malgré tout ça, je suis vivant. Un peu moins qu'hier, mais vivant quand même.

Je me suis mis à croire en l'impossible... Mais je renonce.

Je vais rester un Amoureux Rêveur, me balader dans mon désert en lui envoyant en pensées tout mon Amour. Et en imaginant que ces pensées s'envolent vers Elle et qu'elles viennent se déposer avec douceur dans son cœur.

14 mars.

Cher journal,

Hier, je suis passé par un creux terrible. Entraîné vers le bas. Et je me suis trouvé ridicule d'espérer encore, tout seul dans mon coin. Je me suis trouvé nul et même un peu idiot. Concrètement et rationnellement, il n'y a plus d'espoir.

Je ne suis pas allé en cours, préférant m'inviter dans la classe de Monsieur Grant. Mais j'avais encore peu dormi et j'ai eu du mal à supporter l'agitation. Percevant mon manque de patience, les élèves se sont montrés adorables au final. A la fin de la journée, plusieurs m'ont dit qu'ils avaient hâte de me revoir.

19 mars.

Cher journal,

Et voilà, cette fois-ci le défi est lancé pour de bon ! En cette veille de printemps, je peux me l'annoncer à moi-même : cet été, Louve et moi, on fera l'Ultra Tour du Mont Blanc en courant, en quatre jours !!
Très certainement en compagnie d'Arthur et Boris.
Environ 40 à 45 kilomètres par jour, et 10000m de dénivelé positif en tout.
Et normalement, il devrait faire beau.
Louve, qui vient de fêter ses 8 ans, va vivre, j'espère, quelques-uns des plus beaux jours de sa vie. Elle est prête. Avec sa tête de loup polaire et ses yeux gentils, et son pelage aussi blanc que son cœur est pur. Enfin, par beau temps. Et un jour, je mesurerai ses oreilles pointues. Mais je peux déjà affirmer qu'elles sont très, très longues.

J'ai quand même demander au préalable l'avis d'Emma, vétérinaire officielle de ma Louve. Elle m'a dit :
– Ne t'inquiète pas, elle est faite pour ça ! Toi, je ne sais pas, mais elle, elle est faite pour ça !

L'UTMB, ça fait rêver plus d'un coureur... Au quotidien, pour courir, Louve et moi avons un terrain de jeu fabuleux : les forêts gigantesques du massif vosgien, dans sa partie septentrionale caractérisée par le grès rose.
C'est aussi là qu'a grandi le célèbre écrivain Emile Erckmann, qui a écrit un jour que « *lorsqu'on est né dans les Vosges, entre le Nideck, le Haut-Barr et le Geierstein, on ne devrait songer aux voyages.* »
Moi qui connais bien ces trois beaux châteaux, je suis bien d'accord avec lui.

Ceci dit, le Mont Blanc, ça fait rêver quand même...

Autre cause chère à mon cœur, c'est celle des animaux. Leur rôle et leur place dans la Nature. Quand j'étais au CE2, j'avais écrit au Président de la République afin qu'il fasse quelque chose pour les ours des Pyrénées. Je ne sais pas s'il a lu ma lettre mais il a été réélu quand même.

Alors voilà, pendant qu'on se baladera autour du plus haut sommet des Alpes (sans s'occuper de savoir s'il est italien ou français), je me dis que Louve fera une mascotte idéale pour servir la cause du loup.

Et aussi pour parler du bonheur qu'il y a à courir avec son chien.

Bientôt 6h du matin.

Louve, qui ne se doute pas que je parle d'elle, est bien installée sur le tapis du salon.

Tout à l'heure, après la mini balade du matin, elle patientera pendant que je tenterai de réaliser le croquis géomorphologique de la carte de Toul. En tendant très certainement ses grandes oreilles dans l'attente de l'arrivée de la voiture de Papa : le signal pour notre balade de midi parmi les arbres !

Ces derniers jours, en courant, Louve a parfois très chaud. Et elle a souvent besoin d'un petit bain dans un ruisseau pour se rafraîchir. Puis, sa capacité de récupération n'ayant d'égal que son enthousiasme, elle me laisse bien vite loin derrière.

Mais pour notre tour du Mont Blanc, pas d'inquiétude : on va courir tranquille. Faire autant de pauses que nécessaire dans les torrents. Et pendant que ma Louve testera la température de l'eau, moi je tenterai sûrement quelques ricochets.

Allez zou, deuxième tasse de thé finie, c'est l'heure d'aller écouter si la chouette est encore réveillée.

3 avril.

Cher journal,

J'aimerais prendre de ses nouvelles.

10 avril.
Cher journal,

Premier matin des vacances. En revenant de la gare à vélo, hier, j'aperçois la silhouette d'un personnage bien connu, et avançant de sa démarche énergique : Monsieur Grant !
Mon cher ancien maître d'école, source d'inspiration dans les arts de la poésie, de l'enseignement et de la course à pieds. Cela fait un moment que je ne suis pas retourné dans sa classe, dans laquelle je me sens pourtant si bien. Je m'arrête et on échange un peu. Sa journée de classe est finie, et il débute ses vacances par 30 kilomètres de marche qu'il finira à la frontale.
– Et côté cœur ? Me demande-t-il enfin, comme s'il lisait dans mes pensées.
– Eh bien... C'est le vide intersidéral !
– Tu finiras par y trouver ton étoile !

Cette dernière phrase m'interpelle alors que le maître s'éloigne déjà.
Mon étoile... Je l'ai déjà trouvée en réalité. Elle brille plus fort que jamais, même si mon minuscule espoir est bien planqué tout au fond de mon cœur.
On se retrouvera peut-être un jour.
Dans quelques semaines ou quelques mois, ou quelques années.
Ou dans une autre vie.

13 avril.

Cher journal,

Un nerf bien bloqué qui m'oblige à me contenter de marcher.

J'aimerais écrire à Caroline. Mais je n'ose plus.

Et pourtant... A-t-Elle compris pour de vrai ? Ce que je ressens pour Elle.
Cet Amour qui bouleverse.
Cet Amour qui emporte tout sur son passage.
Qui est doux et intense.
Gigantesque, indestructible et rassurant.

Je vais le garder en moi. Pour toujours.

16 avril.

Cher journal,

Après le cœur et l'esprit, c'est donc le corps qui a lâché. Complètement bloqué, oppressé au niveau de la poitrine, côté gauche. Avec une impression de galérer pour respirer. A bout de souffle. Comme ça, tout à coup, sans raison apparente.

Avec Arthur, Boris et Noé, on avait prévu de se retrouver presque tous les jours pour courir pendant les vacances.
Au lieu de ça, ils sont partis sans moi, et je me suis retrouvé chez l'ostéo.
Après une heure de manipulation, elle m'a demandé où j'en étais au niveau des émotions. J'ai été tant surpris par la question que les vannes se sont ouvertes. Je me suis mis à pleurer sans parvenir à me contrôler.
Ainsi, ce blocage ne serait pas d'origine mécanique.
Oui, je cherche mon souffle.

Et mon cœur se serre.

Winston Churchill a dit un jour que la première des qualités chez quelqu'un, c'est le courage.
Il m'en faut beaucoup, et je dois encore et encore le chercher tout au fond de moi.
Oui, mon cœur fait mal. Je respire mal et j'avance tout penché et tout lentement. Et je pleure.
Peut-être, certainement, parce que j'ai décidé de ne plus écouter mon cœur.
De ne plus écrire à Caroline.
Ca me faisait tellement de bien d'espérer un tout petit peu.

Alors... Que faire ? Est-ce que je pourrais vivre sincèrement une histoire avec quelqu'un après avoir été foudroyé par mon Rêve ultime ? Par la personne la plus merveilleuse que j'ai rencontrée ?
J'en sais rien. C'est pas gagné. Et, là tout de suite, je m'en fiche complètement.

Jusqu'à présent, j'ai juste connu deux flirts qui ne sont pas allés bien loin vu que je n'ai rien éprouvé.

Bon, il s'agit d'être heureux maintenant. Dès aujourd'hui. Dans ma solitude. Solitude qui n'est qu'amoureuse car je suis super bien entouré par ma famille, par mes amis et par ma Louve.
Débloquer mon cœur. Reprendre mon souffle. Et me remettre à courir. Vite. A avancer sur mes sentiers et sur le Chemin de la Vie.

Peut-être que la vitesse et le vent sécheront mes larmes.

19 avril.

Cher journal,

Devine quoi... Je me suis remis à courir, YES ! Samedi, 15 kilomètres dont 10 en courant. Hier, 25 dont 19 en courant. Et aujourd'hui, 42 kilomètres au programme !

Et malgré cette douleur qui serre encore un peu mon cœur, je peux dire que mis à part le plan amoureux, je suis carrément heureux.

Depuis que j'ai pris la décision de me forcer à essayer de me détacher (trois verbes à l'infinitif qui se suivent, c'est pas joli comme phrase) de mon Amour pour Caroline, mes sentiments pour Elle sont plus forts que jamais. C'est même comme si je ressentais sa présence.

Du coup, comment ne pas me demander quelle est mon honnêteté à accompagner Boris et Arthur le mardi soir au pub, et à engager la conversation ici ou là ?

Et surtout, je suis capable de quoi ?
J'espère quoi ?
Imaginons que je rencontre vraiment quelqu'un... Jusqu'où ça pourrait aller vu qu'il y a toujours au fond de moi cet espoir enflammé ?

23 avril.
> **Cher journal,**

Garder mon Amour pour Elle dans mon cœur. Et juste lui souhaiter d'être heureuse. C'est bien.

Je me sens brisé de l'intérieur.

25 avril.

Cher journal,

Défi des 100 jours fini. Me recentrer sur moi. Tout est bien, y paraît.
Je peux être heureux.
L'envie d'écrire à Caroline me vient sans cesse à l'esprit.
Mais je me ravise à chaque fois.

10 mai.

Cher journal,

Rage de dent terrible. Vu que le dentiste n'a rien trouvé, séance de magnétisme chez Christine qui me dit, comme l'ostéo, qu'il est temps que je me libère de toutes les émotions que je garde en moi. Colère et tristesse. Et je pleure comme une fontaine. Arthur, Boris, Agathe et Noé qui me soutiennent. Ils sont géniaux.

20 juin.

Cher journal,

5h du matin. Les oiseaux sont en pleine forme. Sûrement tout heureux qu'il ait un peu plu cette nuit.
Les partiels de fin d'année sont passés et il n'y a plus qu'à attendre les résultats. Mais je suis plutôt confiant. En plus, cette fois-ci je n'ai laissé tomber aucun chewing-gum sur mes copies.

En courant hier un semi-marathon en pleine après-midi et sous un Soleil de plomb, j'ai eu très chaud, mais que c'était bien !
Départ rapide mais pas trop, afin de ne pas griller trop d'énergie. Au 5ème, je croise un groupe d'élèves de la classe de Monsieur Grant en train de faire de l'escalade... Du coup, devant leurs joyeux encouragements, j'accélère un peu la cadence. Descente jusqu'à la rivière, avec plusieurs pauses devant chaque source et ruisseau.

Louve se couche dans l'eau dès qu'elle peut. Elle a chaud, très chaud. De mon côté, la montée vers la Croix du Loup m'achève un peu et c'est là que je commence à penser à ma fameuse salade de fruits.

16ème kilomètre. Jusque-là, je suis dans le rythme que je visais, mais tout à coup, pouf : à l'ombre d'un vieil érable, Louve s'arrête ! Je réfléchis un peu, mais pas trop : tant pis pour le chrono. Au bout de deux minutes, je tente quand même de l'inciter à poursuivre :

– Allez zou, on y retourne !

Louve se lève et se cale dans ma foulée sur la petite route qui mène au point culminant de la course, le Rocher de Dabo.

Sur le côté, un camping-car est garé. Un vieil homme en train de fumer un cigare nous regarde passer en lançant un « bravo les gars ! » très jovial.

Je m'arrête pour lui demander un peu d'eau pour Louve. Il revient trois bonnes minutes plus tard avec une bassine d'eau pour mon loup blanc, et une bouteille pour moi. Ou l'inverse, je sais plus.

J'en vide la moitié d'un trait, mais Louve... Rien ! Et le chrono qui tourne toujours ! Hop hop hop, je verse le contenu de la bassine sur elle (elle apprécie moyennement), et on repart.

Avec toutes ces pauses, j'ai envie de finir vite ! Mon objectif n'est plus du tout jouable mais quel bonheur de courir, et de partager ce plaisir avec mon Amie à grandes oreilles.

J'ai beau connaître ces chemins par cœur, j'en prends plein les yeux !

C'est quand même bien d'habiter en vacances...

8 juillet.

Cher journal,

Ca y est, c'est le début des grandes vacances ! Même si dehors c'est encore le déluge.
Petit détail tout neuf pour ma séance d'écriture : ma tasse n'est plus la même. Sur celle dans laquelle je bois mon thé ce matin, il y a écrit « MERCI MAITRE ! ». Ce sont les élèves qui me l'ont offerte, et ça m'a vraiment beaucoup touché. Même si je ne me sens pas encore être un « vrai » maître... Mais j'imagine que les tasses avec écrit dessus « merci Théophile » ne sont pas faciles à trouver.
J'y resterais bien jusqu'à ma retraite, dans cette école.

En attendant, j'ai eu ma première année !
Pour la deuxième, j'ai choisi la spécialité « géographie physique ». C'est ce que je préfère. Et il y a un lien avec la course à pieds : parce que je n'utilise pas d'appli connectée

ou de trucs de ce genre. Non, en bon géographe à l'ancienne, j'étudie les cartes IGN. Avant d'aller courir, et après avoir couru. Si bien que le lien entre carte et réalité est devenu très fort.

23 juillet.

Cher journal,

Tout plein de beaux moments en famille et avec les amis, avec qui je partage le bonheur et la liberté des grandes vacances. Des sessions de foot ou de basket au city stade. Des trajets à vélo jusqu'à l'épicerie. Des balades crépusculaires (avec Louve aussi, bien sûr!). Et puis aussi une heure ou deux ici ou là à la librairie.
Louve y fait toujours sa sieste dans la vitrine.
Emma est venue aussi pendant le début de ses congés pour aider Papa. Et la semaine prochaine, ils partent tous les deux à Venise. Ces deux-là seraient amoureux que ça ne m'étonnerait pas !

Pour le reste, voici ma grande réflexion, cher journal : la sérénité, ce n'est pas de savoir ce qu'il va se passer demain. La sérénité, c'est d'accepter de ne pas savoir. Et de bien vivre l'instant, chaque journée comme si c'était la dernière.

Voilà le plus beau chemin que l'on puisse emprunter.

25 août.

Cher journal,

LE TOUR DU MONT BLANC, C'EST FAIT !!
Ces quatre journées furent magiques. Dès les toutes premières foulées, jusqu'aux dernières. Et Louve a été éblouissante !

Noé nous a accompagnés sur les 15 premiers kilomètres. Avec Iago aussi bien sûr.
40 kilomètres le premier jour, et beaucoup de fatigue à l'arrivée. J'ai dû m'asseoir un peu avant de monter l'escalier jusqu'à la douche, avec une souplesse inquiétante.
En fait, chaque soir, je me suis demandé comment j'allais réussir à repartir le lendemain. Et chaque matin, au bout de 3 ou 4 kilomètres, j'ai eu la surprise de me dire : « ah ben, en fait ça va ! »

Le deuxième jour fut le plus long avec un départ au petit matin depuis les Chapieux, en France, en passant

par Courmayeur, en Italie, vers midi, pour finir dans la soirée au Col de la Fenêtre, en Suisse.
60 kilomètres en tout, avec une longue portion de quelques heures au cours desquelles on a eu très chaud. Avec Arthur et Boris, on s'est relayés pour donner le rythme. Et Noé nous attendait à 10 kilomètres de l'arrivée, plein de fraîcheur, pour nous emmener jusqu'au refuge. Heureusement pour nous, il y avait tout plein de myrtilles sur le parcours, et pour Louve tout plein de torrents et de ruisseaux.
Louve était heureuse, ça c'est certain ! Parfois, nos regards se croisaient, complices et joyeux, tout en cheminant dans ces paysages fabuleux.

Le troisième jour devait être le plus court, histoire de se reposer un peu ou presque. Mais, après le lac de Champex, on a emprunté une variante sans faire exprès qui nous a ajouté le passage d'un col superbe perché à 2800m. Et au final, à nouveau 40 kilomètres en tout.

Seul moment où j'ai vu Louve un peu à la peine : sur un pierrier où, parfois, elle devait effectuer des sauts et sentait très certainement le vide sous elle. J'ai fait quelquefois demi-tour pour l'accompagner et la rassurer.

Je ne compte pas le nombre de compliments qu'elle a reçus en français, en italien (« *Bella ! Bellissima !* »), en anglais et même en suisse.

Dernier jour de course, au petit matin après le petit déj' : mince ! Louve boitille. Départ prudent et vite rassurant, elle devait juste être un peu courbaturée, comme moi! Et au bout de quelques kilomètres, la foulée se délie et s'allège.

Le Soleil brille fort et la montagne est magnifique. Au vingtième kilomètre, après une longue ascension, nous nous apercevons d'une terrible erreur : on devait passer par un col... Et nous voilà au pied d'un pic ! Pour le franchir, il s'agit de grimper sur des barreaux métalliques, incrustés dans la roche.

Mission impossible pour mon Amie à quatre pattes.
Pas d'autre alternative que de tout redescendre ! Une fois tout en bas, le mental aussi est un peu descendu, et on décide de finir notre course dans la vallée, en traversant notamment Chamonix.
42 kilomètres au total pour ce dernier jour qui s'achève par une belle pinte de bière ambrée.

Je suis étonné et heureux d'avoir réalisé cette course mythique ! Heureux aussi de l'avoir partagée avec mes grands amis et avec ma chère Louve. Et je suis infiniment fier d'elle ! Quelle performance, quelle endurance et quel enthousiasme à toutes épreuves !

Me voilà donc de retour de cette aventure incroyable. A son lendemain, Louve et moi avons juste fait une petite balade de 8 kilomètres. 10 le surlendemain. Et puis, le retour de la course est déjà arrivé !

Ces quatre journées à courir dans l'un des plus beaux décors du monde auront aussi été quatre journées à laisser circuler mes pensées des heures durant, au fil de mes foulées.
Mon Amour pour Caroline est toujours là, cher journal. Elle demeure à jamais la Fille de mes Rêves... Et en plus, devine quoi, je l'ai revue ! Enfin !
Oui, je l'ai revue. Si souriante, si belle, si pétillante. On s'est même retrouvés tous les deux pendant quelques minutes, le temps d'un trajet en voiture entre ma maison et la rivière, où les chiens se sont baignés.
On a ri. Je ne sais même plus à quel sujet, mais Elle est comme ça, drôle et pleine de légèreté. De bonté aussi. Et la pureté de son cœur se voit dans ses yeux.

Caroline vient aussi me voir dans mes songes. Normal, me diras-tu, vu qu'Elle est la Fille de mes Rêves. Des Rêves de plus en plus intenses.

Je suis debout sous les étoiles. Et c'est Elle que je vois. Et rien qu'Elle.

30 septembre.
                Cher journal,

Il est grand temps d'écouter mon cœur. A nouveau.
Voilà peut-être la leçon de sagesse de toute cette histoire.

4 octobre.
Cher journal,

A peine le visage de Caroline effleure-t-il mes pensées... Que je ressens comme un Appel qui s'éveille en moi.
Un Appel de l'âme.

6 octobre.

Cher journal,

On dirait bien que l'automne s'installe pour de bon : au programme, pluie, vent et les doigts blancs si je n'avance pas assez vite. Ce sera bientôt le moment de partir à la recherche des premières trompettes chanterelles.

Le rythme de la nouvelle année scolaire est lancé. Le train. Les cours. Les soirées gaufres ou croque-monsieur avec Boris et Arthur dans notre petit appart'. En écoutant Renaud ou en regardant Friends ou Stranger Things.

Et puis, je retrouve à nouveau de temps en temps la classe de Monsieur Grant. Avec son parfum de craie et d'enfance, son plancher en bois qui craque et ses grandes fenêtres à carreaux.
Seulement quatorze élèves cette année, tous différents et tous très attachants. L'envie de les aider un

peu à passer une bonne année, à apprendre quelques trucs importants, à se sentir bien en classe et à prendre confiance en eux.
Le vendredi et le week-end, je retrouve Louve. Et on va courir. Beaucoup !

10 octobre.
Cher journal,

Je l'aime. Rien n'éteint cet Amour. Ni la distance, ni le silence, ni le temps qui passe.
Il est là. Il m'habite. Il fait partie de moi.
Caroline... Ou bien rester seul à jamais.
Voilà ce qui est juste.
Voilà ce qui est honnête.
Voilà ma réponse.

13 octobre.
Cher journal,

Des pizzas devant Roger Rabbit. Les cours, les copains, l'école de Monsieur Grant, prendre le vélo jusqu'à la librairie, courir. Lentement ou vite. Louve qui poursuit la séance de fractionnés derrière un chevreuil. Préparer une tarte aux pommes avec Emma. Observer les oiseaux dans le jardin.

Extinction de voix. Mais la Vie va m'aider. Forcément. Bientôt, je retrouverai ma voix. Bientôt, je retrouverai ma voie.
Il est temps de reprendre la barre. D'être le capitaine de mon navire et de mettre le cap sur ce qui est juste.

27 octobre.

Cher journal,

Petit déj' rien qu'avec ma petite sœur Agathe. Ca faisait longtemps ! On a papoté autour de sujets légers, et on a rigolé ensemble devant la BD « Jacques le petit lézard géant ». Je recommande vivement.

Ensuite, balade matinale d'une heure pour Louve et moi, avant d'aller chez le dentiste qui parle comme Droopy.

Au retour, à midi, un Soleil magnifique fait briller la forêt multicolore, parée de sa plus belle tenue automnale.

C'est trop beau : Louve et moi repartons pour 14 kilomètres de course, dont 10 à fond.

Et le parcours s'achève par une jolie cueillette de trompettes chanterelles, mes champignons préférés depuis que je suis petit.

31 octobre.

Cher journal,

J'ai tant envie de lui écrire... Mais je me ravise à chaque fois en me disant que je l'importunerais sûrement. Peut-être... Mais peut-être pas ?

« J'en sais rien
J'donne ma langue au destin
Si tu sais, toi
Souffle-moi... Souffle-moi »

Ces paroles inspirées de Renaud me vont bien, ce matin.

7 novembre.

Cher journal,

J'ai eu une inspiration soudaine en cueillant mes trompettes chanterelles hier matin : dans la fraîcheur du bois, je me suis tout à coup rappelé que c'était L'ANNIVERSAIRE DE CAROLINE !!
Je lui ai donc immédiatement envoyé un message...

Caroline m'a très vite répondu :
« Merci Théophile ! C'est bien le 6...
Mais le 6 septembre !
Mais pour toi, je veux bien me rajeunir de deux mois ! »

Quelques bonds de joie forestiers s'en sont suivis. Heureusement, je n'ai perdu aucun champignon en route.
Je vais suivre l'élan de mon cœur.

JE VAIS ENCORE LUI ECRIRE !

10 novembre.
Cher journal,

Hier soir, Louve et moi sommes partis pour une grande balade à la nuit tombée. On a fini dans l'obscurité, à peine éclairés par un fin quartier de Lune. C'était magnifique.

12 novembre.
Cher journal,

Et nous revoilà partis pour l'hiver des gallo-romains. Soirée pizza devant Retour vers le Futur 3, à l'appart', avec Arthur et Boris.

Dans ce film génial, un de mes préférés de tous les temps, j'y ai vu un signe pour moi : le coup de foudre de Doc pour la charmante nouvelle institutrice. Naissance d'un amour si fort qu'il écrit un nouveau destin.

Il y a presque un an, j'avais créé un tableau de visualisation pour la Vie de mes Rêves. « *Etre Amoureux, romantique et rêveur* », avais-je alors écrit.

Et je l'avais envoyé à Caroline.

14 novembre.
Cher journal,

Hier soir, chez Papa (il y avait aussi Noé et Iago), grande discussion sur notre programme si on voulait devenir Président. On retiendra notamment : du bio, du local, des menus végétariens dans les cantines, de l'énergie renouvelable, de l'entraide, une Nature plus sauvage et le respect des animaux. L'école, oui, « *mais dans la bonne humeur* », a précisé Noé.

Il m'a confié qu'il a commencé une BD (mais qu'il la continuera quand il saura mieux dessiner). Dans celle-ci, deux héros : « les chevaliers du loup ». Des humains justiciers, capables de se transformer en loup, avec pour visages ceux de Iago et Louve !
Moi, je vais écrire à Caroline. On a échangé quelques messages la semaine dernière qui m'ont emmené voyager très, très haut.

Son ton léger, sa gentillesse... Sa grâce transparaît même dans ses mots !
J'aime lui écrire... Et j'aime ses réponses !
J'ai très envie d'oser lui partager des joies, des peines, des idées, des questions, des blagues, des petits riens du quotidien. Oui, le tout c'est d'oser !

15 novembre.
Cher journal,

Après 4 heures de marche passées à me parler à voix haute dans la forêt, j'ai écrit à Caroline !
Et je vais lui envoyer un cadeau d'anniversaire. Du coup, je me sens joyeux ! On accède à la Vie éternelle quand on est dans le Présent. Soigner chaque instant. Avec optimisme et avec poésie.
Je regarde droit devant. Et je sens le vent dans mes cheveux, le Soleil ou la pluie sur mon visage. J'écoute les oiseaux et la sagesse des arbres.
Je respire à fond et je suis plein d'espoir !

23 novembre.

Cher journal,

Enfin, le ciel bleu est revenu, signe d'un beau temps lumineux et glacé. Avec Dame Lune bien visible, toute de jaune vêtue, immense, juste au-dessus de l'horizon.

J'avance encore un peu dans le brouillard. Mais peut-être bien que le Soleil est juste derrière, prêt à se dévoiler !

27 novembre.
Cher journal,

Caroline m'a écrit ! Pour me dire merci : Elle a reçu mon petit cadeau « *Sur la route de Madison* », le livre. Elle était très touchée et m'a écrit que ça lui donne le sourire !
Elle m'a réécrit ensuite hier soir pour répondre à mon petit commentaire, et m'apprendre qu'Elle a pris un gros coup de froid... Je lui écrirai donc demain pour lui demander si Elle va mieux.

J'ai envie de me laisser porter et emporter par ce que je ressens et par ces doux messages qui s'installent.

29 novembre.
    Cher journal,

Hier, premiers flocons de la saison : l'hiver est là ! J'ai vu deux mésanges charbonnières venir visiter la mangeoire, dont l'une est repartie avec une noix de cajou dans le bec. Quelle jolie scène !
Balade matinale, matchs de ping-pong avec Papa puis Victor, après-midi chez Maman, course à pieds, soirée à l'appart' avec Boris et Arthur, passée à repeindre notre salon en écoutant Renaud, plateau TV. Un dimanche joyeux et bien rempli.

Le destin se rejoue chaque jour.
Rêver en grand, voilà le mien !

6 décembre.

Cher journal,

Levé à 4h15 un lundi matin : ça faisait longtemps !
Energies positives qui circulent. Louve et moi allons nous balader sous le ciel étoilé ou tout gris.

Journée passée dans ce lieu magique qu'est le chalet. Arrivée en milieu de matinée avec la Deudeuche de mon arrière-grand-mère, comme depuis toujours. Ouvrir les volets. Allumer un bon feu dans le poêle pour faire grimper le thermomètre qui affiche 8°C à l'intérieur. Puis balade d'1h30 en passant par des lieux mythiques.
Quand Louve et moi arrivons, il est midi passé et tout le monde est déjà là : Agathe, Noé, Boris et Arthur. On dresse une table accueillante. Un repas partagé, et des confidences aussi. Qui se poursuivent ensuite au cours de la deuxième balade du jour, longue de 2h30 cette fois-ci. Retour au chalet pour un café et une part de tarte aux myrtilles. Les étoiles

scintillent déjà dans le ciel lorsque nous repartons, avec le même souhait : revenir bientôt !

Que ça fait du bien de parler... Mon cœur s'embrase en pensant à Caroline. Je continue mon voyage. Heureux, c'est ce que j'ai décidé. Le ciel s'éclaircit. Le Soleil vient inonder de Lumière ma nouvelle journée. Ce qui s'annonce, c'est une tempête par beau temps !

14 décembre.
Cher journal,

Un p'tit 4h20 du mat' cette fois-ci, juste pour avoir bien le temps de parcourir suffisamment de kilomètres aujourd'hui.

Un grand truc à t'annoncer : dans huit jours, je suis invité chez Caroline !
Ca fait si longtemps que je ne l'ai pas vue, et voilà que j'ai la chance immense d'avoir quelques échanges rien qu'avec Elle.
On sera nombreux... Me parlera-t-Elle du livre que je lui ai offert ?
Je vais essayer d'être juste moi-même. Cool, détendu. Même si à l'intérieur il y aura des flammes qui jailliront de partout !

18 décembre.
Cher journal,

Premier matin des vacances de Noël : savourons l'instant ! Hier a été une très belle journée que j'ai passée en classe chez Monsieur Grant. Le soir venu, on fête les vacances chez Papa et Emma avec une jolie pile de gaufres dégustées devant « *Maman, j'ai raté l'avion !* »

Mercredi, j'ai écrit à Caroline pour lui proposer de venir courir dimanche.
Comment aller vers Elle un peu plus ? Alors, j'essaie juste de garder confiance en la magie de la Vie.
La magie... L'âme agit !

19 décembre.
> ***Cher journal,***

Plus que trois jours avant d'aller chez Caroline !

21 décembre.
Cher journal,

Nous voilà arrivés au solstice d'hiver : demain, nous irons vers le Nouveau Jour, déjà un peu plus long que le précédent.
Et moi, j'irai chez Caroline. Je lui offrirai le film « *la route de Madison* », pour compléter le livre que je lui ai envoyé.
Et puis, histoire de faire un clin d'oeil à son joli prénom, je vais aussi lui apporter un autre chef d'oeuvre : le Boule et Bill n°41, intitulé « *Bill se tient à Caro* ».

En attendant, Louve et moi avons retrouvé nos amis ce matin au Donon pour courir dans la neige. Le Donon, c'est notre sommet local, à 1009m d'altitude, avec un temple gallo-romain posé tout en haut.
C'est un endroit magnifique, mythologique et mythique. Et là, ça n'a pas raté : après le gel, la pluie, et encore le gel, les dernières centaines de mètres étaient

recouvertes d'une couverture glacée scintillante et glissante.
Il a fallu grimper avec les mains et redescendre sur les fesses pour ne pas (trop) tomber, mais que c'était beau. Tout en haut, le ciel bleu et parfaitement dégagé nous a laissé apercevoir au loin la Forêt Noire, le Jura, et même les Alpes !
C'est peut-être cette observation qui a inspiré Boris lorsqu'il nous a dit :
- Eh les gars, on a déjà fait le tour du Mont Blanc... Et si on montait tout en haut un de ces jours ?

Noé a tout de suite réagi :
- Super idée ! Mais sans Louve et Iago du coup.
- Ouais, j'ai dit. Là, on ne parle plus de course à pied, mais d'alpinisme ! Il faudra un guide.
- Pour se passer d'un guide, a dit Arthur qui, manifestement s'était déjà intéressé à la question, il y a le trail du Mont Rose où on finit encordés à 4552m d'altitude. Ou bien le Marathon du Grand Saint-

Bernard, qui culmine à plus de 3000m, avec un passage sur un glacier et une passerelle géante à la Indiana Jones à traverser.
- Bon, où qu'on aille, j'ai dit, on se fera une course en altitude les amis !

Demain, j'irai chez Caroline.
Et je pense aux paroles de Jean-Jacques : il est temps d'aller au bout de mes Rêves. Tout au bout de mes Rêves !

22 décembre.
Cher journal,

Et voilà, la fameuse journée tant attendue est passée. Caroline était comme toujours éblouissante de beauté, de grâce et de délicatesse. Son regard si profond laissant deviner sa belle âme. Sa gentillesse et sa douceur que l'on peut même déceler au son de sa jolie voix.
La bonne nouvelle: aucune trace nulle part d'un quelconque petit ami.
En plus, tu sais quoi, cher journal : j'étais assis juste à côté d'Elle !

Si je décide que je me souhaite le meilleur, alors je vais... Ben, pour commencer, je vais lui écrire encore plus souvent !
Au pire, Elle sera un peu mal à l'aise mais flattée quand même.
Au mieux... Peut-être se reverra-t-on un de ces jours ?

J'aime depuis longtemps
La plus belle de tous les temps

*Chaque seconde
Et je pleure en silence
Mon éternelle souffrance
En ce monde
Je rêve que notre Destin
Soit de nous tenir par la main
Un beau jour
Et qu'alors notre bel Amour
Dure enfin
Pour toujours.*

31 décembre.
Cher journal,

Hier, malgré ma covid-attitude, 18 kilomètres de marche le matin, et 6 autres l'après-midi.
Ma résolution pour l'année qui arrive, c'est de NE JAMAIS RENONCER !
Jusqu'au jour fabuleux où je dirai mon Amour à Caroline.
Je sais déjà que cette résolution-là, la plus gigantesque de toute ma Vie, je vais l'accomplir !
Et alors, je serai serein... Même si mon cœur sera en miettes, réduit en compote et perdu pour toujours, je serai serein.

Et je resterai tout seul à jamais car je ne peux aimer quelqu'un d'autre.

8 janvier.

Cher journal,

Je sais, il n'y a pas de ligne toute droite. Même là, maintenant. Mais il peut y avoir plus ou moins de lumière qui éclaire le Chemin.
Les épreuves sont la Vie.
A moi de décider comment je réagis face à celles-ci : comme une victime ou comme un co-créateur, responsable de mes choix, mais aussi de mon état d'esprit.

L'état d'esprit.
Super important, ça. Parfois, les épreuves sont trop lourdes ou trop nombreuses... Et on coule. Mais après un temps passé à me laisser aller vers le fond, j'ai remarqué que, systématiquement, un élan de vie me remet en mouvement pour remonter à la surface.
Et, même si la mer est toujours agitée, je me remets à nager vers l'horizon. Avec les vagues qui le font danser devant mes yeux fatigués ou plein d'espoir.

Parfois, il y a un oiseau qui passe dans le ciel immobile, tel un signe que je me rapproche de la terre.
Pas de doute ceci dit : « *c'est pas l'homme qui prend la mer, c'est la mer qui prend l'homme !* »

Mais être co-créateur, c'est faire équipe avec la Vie. Pas de jouer contre elle. Et rester déterminé quoi qu'il arrive.
Déterminé à être heureux !
La clef, je crois, c'est d'accepter la Vie et ses défis. Un abandon en fait bien exigeant. Les défis sont le Chemin. Et c'est grâce à elles que je peux me rencontrer en tout premier.
Pour prendre une métaphore que je maîtrise mieux que l'univers des matelots, je dirais que la Vie est comme un ultra-marathon finalement !
Et pour arriver au bout de celui-ci, la recette est bien connue : il y a le physique, c'est sûr, mais il y a aussi l'indispensable bon état d'esprit. C'est-à-dire... Etre très enthousiaste et passionné!

Eh oui, parce qu'il faut sans doute être très enthousiaste et passionné pour continuer à courir, et même à aimer ça, à s'émerveiller encore devant la beauté qui nous entoure et aux sensations que l'on éprouve à l'intérieur de soi, de son corps, de son esprit, et de son cœur... alors même que la course se révèle être si exigeante ! Que les montées et les descentes s'enchaînent. Qu'on se cogne sans cesse le gros orteil. Qu'il fait chaud ou qu'il fait froid. Qu'on a soif ou qu'on a faim mais qu'on ne peut plus rien avaler.
Fatigué, mais pas lassé.
Fatigué, et même heureux !
Oui, pourquoi pas... Parce que justement on se sent en vie malgré ces défis qui s'enchaînent et qui n'en finissent pas. Après tout, on a bien choisi de le prendre, le départ à cette course !
Et c'est le fait de continuer à courir quoi qu'il arrive qui fait se sentir en vie.

Parfois, c'est vrai, on ralentit. Le bon état d'esprit nous quitte, et on se dit

« à quoi bon ? C'est trop dur... j'y arriverai pas. »
Mais au bout d'un temps passé sur le bord du Chemin, à genoux, la tête dans ses mains, il se passe toujours un truc !
Une pensée... Une main tendue... Et un nouvel élan s'installe. On se remet à avancer. Même si la foulée ne ressemble plus à grand chose pour l'instant, ça passera, on le sait ! Parce qu'il y a aussi ces fameux instants bénis où l'on se sent des ailes pousser dans le dos. Et où tout paraît simple, léger, beau. On court alors avec le sourire, et on file comme le vent, plus vivant que jamais ! Et dans ces moments-là, on peut même offrir son sourire aux autres. Et prendre soin de tous ceux et de tout ce qu'on aime.
Bien dans ses baskets, au sens propre comme au sens figuré.

Les défis, les difficultés du parcours sont en fait des éveilleurs.
Ils mènent à l'éveil de soi parce qu'ils incitent à chercher à l'intérieur

de soi et à trouver, à rencontrer la profondeur de son être.

La course se poursuit alors dans un état de grâce. Peu importe s'il reste 10 ou 100 kilomètres à parcourir. Peu importe les conditions, le dénivelé, la faim ou le froid.

On a embrassé l'épreuve. On l'a embrasée, on l'a transcendée !

La course n'est pas finie pour autant. Mais elle se poursuit joyeusement et avec confiance.

Confiant que mes pas me mèneront vers mon Idéal... Mes pas sont déjà mon Idéal !

17 janvier.

Cher journal,

Hier matin, avant de me rendre à mon partiel de géomorphologie, j'ai écrit à Caroline qu'on pourrait organiser une sortie course à pieds un de ces jours avec la team dont Elle fait partie.

L'après-midi, 2h30 de course pour me détendre un peu. L'occasion de prendre notamment deux jolies photos... A partager !

Dans sa réponse, Caroline me dit que ses camarades de course ne se sentent pas encore prêts pour affronter le dénivelé de mes sentiers. Mais Elle a tout de même ajouté : « *Peut-être pour les beaux jours !* »

23 janvier.

Cher journal,

J'envoie une photo de ma tarte aux pommes à Caro. Et je lui parle de mon idée de parcours avec pas trop de montées et de descentes, mais joli quand même. Si ça peut tenter ses camarades de course. Et puis surtout, j'ajoute que bien sûr, Elle peut aussi venir toute seule (je n'ose pas préciser que ce serait encore mieux!)... Qu'il y aurait malgré tout un apéro après l'effort !

Et voici sa réponse :
« Coucou Théophile,
Ta tarte aux pommes a l'air excellente !
On pourra peut-être tenter ton parcours pendant les vacances.
Passe une belle soirée, bisous »

C'est super encourageant, non ? En tous cas, après avoir lu ce message six fois, une boule de joie est arrivée : les vacances, c'est dans deux semaines !! » Je vais aller

repérer le parcours ce matin. Et puis, je proposerai à Caro de venir le premier dimanche des vacances, le 6 février.
Je me sens tel un Chevalier à la fenêtre de sa Princesse.

26 janvier.

Cher journal,

Et voici le point météo du jour : nouveau message de ma part pour parler à Caroline de mon invitation à courir ensemble... Un peu d'appréhension à l'idée de recevoir une réponse évasive ou négative.
Eh ben non ! ELLE VIENDRA !!

C'est totalement incroyable et merveilleux : le 6 février, Caroline viendra !
Et après avoir couru, Elle restera le temps d'un apéro, rien que nous deux ! Elle a dit OUI pour tout ça. Très sobrement, mais ELLE A DIT OUI !!
Caroline va donc faire toute cette route pour courir avec moi. Pour la toute première fois depuis le collège. Rien qu'Elle et moi.

29 janvier.

Cher journal,

Si Caroline vient pour de vrai (parfois, je me dis que je dois rêver), j'imagine déjà mon effervescence : pire qu'un Doliprane 1000mg dans un verre d'eau !

Dimanche prochain, le parcours passera sans doute par le Rocher du Petit Moulin. Et je commande du Soleil pour ce jour-là.

Et si le prochain pas était un pas arc-en-ciel ?

1er février.

Cher journal,

Dehors, le froid de l'hiver souffle sur les branches dénudées.
Dans mon cœur, il ne fait pas très chaud non plus. Caroline ne viendra pas...
Elle a un empêchement et Elle me promet que ce n'est que partie remise.

Mais mon espoir est redevenu un peu gris. Je n'abandonne pas pour autant. Je vais peut-être souffrir mais c'est comme ça : rien ne peut arrêter le tourbillon qu'il y a en moi. Et je décide de continuer à croire que le Paradis est sur Terre.

Pour l'instant, je ne vois pas quoi faire.
Alors, je ne vais rien faire.
Je me sens quand même triste. Le Bonheur, c'est le Chemin. Et c'est aussi la manière de le regarder. Un moment joyeux avec des êtres

chers. Une caresse à ma chère Louve. Courir parmi les arbres.

Pense-t-Elle parfois un peu à moi ?

6 février.

Cher journal,

Ca y est, mon anniversaire est passé ! Je l'ai fêté trois fois en trois jours : d'abord avec Maman et Agathe, puis chez Papa et Emma (toujours avec Agathe, mais aussi Victor et Lou), et enfin hier soir avec les copains : Arthur, Boris, Noé, et encore Agathe.
Et je suis heureux aussi parce que Caroline m'a écrit !
Et attends le plus beau : Elle a précisé qu'Elle a un cadeau pour moi, et que je l'aurai...*quand Elle viendra !!!*

Oui, Elle compte donc bien toujours venir !
Le lendemain, je lui ai envoyé une photo des premières perce-neiges de l'année, preuve que le printemps arrive. Petit clin d'oeil à sa promesse de venir pour les beaux jours.

12 février.

Cher journal,

Après avoir envoyé deux photos de Louve à Caroline, je me suis excusé pour le nombre de mes messages, en ajoutant que « j'aime bien (beaucoup) lui écrire ».

Elle m'a répondu :
« *Tes messages me font toujours très plaisir, alors n'hésite pas une seconde !* »

Après avoir lu ces mots, je me suis exclamé : « tiens, j'ai des ailes qui ont poussé dans le dos ! »
Et je me suis un peu envolé en souriant.

17 février.

Cher journal,

Après Boris et Arthur il y a bien longtemps, j'ai parlé de mon Amour pour Caro à Agathe et Noé. Puis à Papa et Emma. Et enfin à Maman.
Agathe me conseille de foncer !

C'est bien de croire en ses Rêves, et de ne jamais baisser les bras, même si c'est la plus belle étoile de tout le ciel que l'on essaie d'atteindre.
Pourquoi ? Parce que le miracle est peut-être sur le point de se réaliser !

21 février.
Cher journal,

Semaine de vacances, ça fait du bien !
Un peu chez Maman, un peu chez Papa et Emma, tout le temps avec Louve ! Hier après-midi, j'avais prévu d'aller aider Papa à la librairie. J'avais donc la matinée devant moi pour courir, et j'avais très envie de courir vite !

Dehors, grand Soleil et quelques degrés au-dessus de zéro : conditions idéales pour faire un truc bien. Je me suis même laissé aller à mettre mon short.
Départ rapide avec une Louve qui effectue son classique échauffement zigzaguant, ayant toujours beaucoup de messages importants à renifler en début de course.
Après avoir passé le Rocher du Faucon au 2ème kilomètre, je prends mon rythme pour de bon. Une pause au 11ème, histoire que Louve s'hydrate et prenne un bain dans un

joli ruisseau glacé. Et c'est parti pour la grande montée de la course jusqu'au célèbre et superbe Rocher du Dabo ! J'adore faire le tour, tout en admirant la vue panoramique et magnifique qui s'offre à nous. Toujours sous le regard de quelques touristes. Et sous le regard aussi de la chapelle posée tout en haut, vestige du château dynamité il y a bien longtemps.

Mais on ne s'arrête pas. On file vers la maison forestière du Jaegerhof, où François Mitterand et Helmut Kohl se sont secrètement rencontrés en 1983, pour boire un pinot gris, je crois.

La course se termine en fond de vallée (21 kilomètres en 1h41 et 609 mètres de dénivelé positif, c'est plutôt bien) et je remonte tranquillement vers la maison.

Et c'est là que je les aperçois... Et ça me donne une grande idée : des perce-neiges.

22 février.

Cher journal,

Aujourd'hui, j'ai posté un petit bouquet de perce-neiges à Caroline.
Symboles de l'arrivée prochaine du printemps.
J'espère que ces petites émissaires blanches lui rappelleront sa promesse de venir courir avec moi pour les beaux jours !

24 février.

Cher journal,

Caroline a reçu hier ma petite missive.
Et Elle m'a fait un merveilleux message de remerciement. Avec la photo du petit bouquet de fleurs, bien accueilli dans un vase (et qui a très bien supporté le voyage!).

Mon espoir grandit par moment de manière fulgurante. Mélange de fougue et de patience. Avec de moins en moins de prudence, et de plus en plus de témérité. Mais souvent aussi, je n'ose y croire.
Elle est tellement fabuleuse, tellement lumineuse...

4 mars.

Cher journal,

Avant-hier soir, j'ai regardé « *Un jour sans fin* », un de mes films préférés au monde ! Depuis le temps que je voulais le revoir... Drôle et touchant, et très romantique. Cette histoire, je l'ai trouvée géniale.
Quant à l'héroïne, à chaque fois que je vois ce film, son charme, son humour et sa gentillesse me font penser à Caroline...

La grande actualité, c'est que Caroline devrait venir dans dix jours !!
J'espère...
Mais avant ça, Elle recevra ma deuxième missive. Avec notamment et surtout un dessin d'Elle comme héroïne de ma future BD potentielle ! Je me suis inspiré du personnage de Naru dans le manga « *Love Hina* » pour essayer de représenter la grâce de ses traits. Et je crois que j'ai plutôt bien réussi ! Elle est jolie et pétillante, je trouve.

J'attends le commentaire de Caro avec une fébrilité géante...

5 mars.

Cher journal,

Samedi matin. Caroline devrait recevoir ma lettre aujourd'hui ! Une de mes grandes questions, c'est : ira-t-Elle chercher son courrier ?
Mais aussi : quelle sera sa réaction ?
A une petite semaine de sa venue pour courir rien que tous les deux !?

Un peu, beaucoup l'impression que la réaction de Caro à tout ça me donnera une indication déterminante sur son état d'esprit et de cœur. Et sur la taille de mon espoir.

Voilà quatre mois tout pile que je me suis mis à lui écrire hors de notre bande de copains. Rien qu'à Elle. D'abord de temps en temps, puis tous les jours ou presque.
Je prends le risque d'y croire un tout petit peu !
Voilà dix ans que je connais Caroline. Dix ans qu'Elle me bouleverse. Il est temps de laisser tomber toutes mes barrières et de sauter dans le vide de

l'espoir, cet inconnu avec un point d'interrogation géant derrière lui.
On verra si je vais atterrir sur un Nuage juste sous les étoiles et y retrouver Caro... Ou bien passer au travers et faire une chute sans fin dans le néant.

Cher journal, une chose est absolument sûre et certaine : je vais en direction de mon plus grand Rêve. Et c'est ce qu'il y a à faire.
Pas impossible que la Réponse arrive vite.
Parce que je pense que je vais déclarer bientôt, tout bientôt, mon Amour à Celle à qui appartient mon cœur.

6 mars.

Cher journal,

Pas de commentaire de Caroline pour l'instant. J'ai peut-être été trop explicite et son silence est sa réponse pour me faire comprendre qu'Elle ne souhaite qu'un ami et pas un prétendant ?
Je vais peut-être avoir à faire attention à ne pas sombrer complètement.

Allez, je me dis quand même que mon courrier n'est peut-être pas arrivé, ou que Caro n'est pas allée le chercher !?
Aucun regret dans tous les cas parce que j'ai écrit et dessiné pour Caroline de la plus jolie manière qui m'ait été inspirée.
J'ai écouté mon cœur, et c'est bien là le plus important.

8 mars.

Cher journal,

Hier soir, Louve a reçu un os géant pour son anniversaire. Elle a passé la soirée à travailler dessus.

Toujours pas de retour de Caro concernant la lettre illustrée que je lui ai envoyée.

10 mars.

Cher journal,

J'ai entendu deux trucs super importants : tout d'abord, c'est que les personnes que l'on attire à soi sont le reflet de ce que l'on pense de soi-même.
Je dois vraiment beaucoup m'aimer alors, vu que j'ai un merveilleux lien épistolaire avec la personne la plus lumineuse de tout l'Univers !

Ensuite, il s'agit de ne pas s'inquiéter du « COMMENT » les Rêves deviennent réalité. Juste faire confiance...

Hier, après un basket avec Noé, Boris et Arthur, puis un 21 kilomètres couru tous ensemble avec Louve (avec une pause au Rocher pour inscrire *Caroline* dans la pierre, en remplaçant le « O » par un cœur), Caro m'a écrit pour me confirmer sa venue !
Bien que je ne sais toujours pas si Elle a reçu mon courrier, je te dis

pas comme je me suis senti heureux en lisant ses mots !

Je suis allé acheter du vin et de la soupe aux vermicelles et tomate.

Je continue d'espérer. Et en attendant la venue chez moi de la Fille de mes Rêves, je vais continuer à prendre soin de chaque instant, chaque mot et chaque pensée.

12 mars.

Cher journal,

DEMAIN! C'est demain que Caroline vient !

J'attends ce moment en essayant d'un côté de me dire qu'il s'agit de rester cool, moi-même... Et d'un autre côté, je me dis que c'est là un moment historique qui arrive, unique au monde, et que c'est la suite de ma Vie qui va se jouer là !!

Toujours pas de réponse quant à mon courrier... Mais Caroline continue de répondre à mes petits messages. Et Elle y confirme sa venue demain !

Oui, oui, je ne rêve pas !

Je suis donc à la fois Heureux et terrifié ! Mais surtout Heureux parce que je fais de mon mieux afin que mon Rêve se dessine. Et j'ai pris mes plus beaux crayons pour réaliser une œuvre magnifique. Sur celle-ci, en plein milieu, il y a Caroline. Et on se tient par la main.

Je vais vers la personne la plus lumineuse au monde !

Comme Bill Murray dans « *Un jour sans fin* », je ne me décourage pas.

Comme Doc dans « *Retour vers le futur 3* », je me laisse emporter par l'Amour.

Caroline va venir. En amie ? A-t-Elle reçu ma lettre ? Que pense-t-Elle ? Que ressent-Elle ? ELLE VA VENIR !

13 mars.

Cher journal,

Dans quelques heures, Caroline va arriver ! Quelques heures !
Bon, il s'agit de respirer le plus calmement possible. J'ai tellement rêvé ce moment... Mais je pensais aussi qu'il resterait pour toujours à l'état de Rêve.

Je peux sourire d'ores-et-déjà ! Impossible de décrire comment je me sens. Plus heureux et plus fiévreux que jamais.
Impossible d'écrire quelque chose qui tient la route. Je vais plutôt poser mon crayon et aller caresser Louve. Et puis ensuite faire des ronds dans la maison en jetant des coups d'oeil réguliers à l'horloge.

MERCI à la Vie pour ce moment qui arrive. Quoi qu'il se passe, MERCI parce que *je sais* que je suis sur mon Chemin le plus beau.
JE SAIS que je suis parvenu à mon sommet.

Que va-t-il se passer ensuite ?
Vais-je lui déclarer mon Amour ?

14 mars.

*** Cher journal,***

On est le jour d'après : Caroline est venue hier !
Plus belle que jamais. Elle est arrivée en tenue de course, et avec une bouteille de champagne pour mon anniversaire.
Au programme : un 12 kilomètres sur mes petits sentiers du quotidien. Daphnée et Louve semblaient aussi heureuses que nous pour ce moment passé ensemble. On a marché dans les montées les plus sévères, sans jamais s'arrêter de parler. Quelques pauses aux points de vue les plus jolis où Caro (j'aime bien l'appeler comme ça!) a pris des photos.

Un peu avant de parvenir au Rocher du Petit Moulin, on a dépassé un groupe d'une vingtaine de marcheurs. On a eu droit à notre lot de commentaires enthousiastes sur ces deux coureurs (un humain et une Déesse) accompagnés par les loups blancs des Vosges.

Au sommet, un des marcheurs s'est proposé de nous prendre en photo.
Passage à la fontaine Mélusine et longue visite des ruines du château.

De retour chez moi, notre discussion s'est poursuivie pendant près de trois heures, installés sur le canapé, autour d'un apéro et d'un bouillon de vermicelles-tomate un peu raté.

Je me suis senti tellement bien avec Elle ! Et complètement sous son charme aussi. J'ai l'impression d'avoir vécu un Rêve éveillé !
On s'est racontés et confiés tout plein de choses sur nos vies, mais aussi sur nos aspirations (on aimerait notamment tous les deux devenir instit'!).
Caroline m'a révélé qu'Elle est très fleur bleue, du genre à croire aux contes de fée. Mais, avec le temps, Elle se dit aussi qu'Elle est bien « comme ça ».

Un peu plus tard, juste avant qu'Elle reprenne la route, je lui ai demandé :

– Dis, à l'occasion, si je passe par chez Toi, tu crois que je pourrais t'inviter au resto ?

Elle a semblé très surprise, et Elle a souri en même temps.

– Oui... Ou bien je t'invite à manger chez moi !

Et Elle est partie.

Le soir venu, Elle m'a écrit pour me remercier pour ce « beau moment ».
Je lui ai dit merci aussi, et je lui ai envoyé les photos de la missive perdue.
Notamment le portrait d'Elle que j'avais dessiné.
Caro a semblé contente et touchée :
– Oh, j'adore, c'est super ! Encore merci pour tout, Théophile !

Me voilà donc encore plus amoureux, encore plus sous son charme, encore plus Rêveur qu'avant...
Caroline est l'Amour de ma Vie.
Elle me bouleverse et me fait me sentir merveilleusement bien en

même temps : oui, ça s'appelle être amoureux mon ami !

Elle est venue.
Elle est venue et on a passé plusieurs heures rien que tous les deux.
Elle est venue et j'ai réalisé un Rêve que j'avais en moi depuis dix ans.
Elle est venue et Elle n'a pas brisé mon espoir, même si, c'est vrai, Elle a tout de même glissé que sa vie lui plaît bien comme ça.
Elle est venue et Elle m'a écrit ensuite qu'Elle aussi a passé un très beau moment.
Alors... Je continue d'espérer !
Je vais lui écrire encore et rêver déjà au prochain moment que l'on passera rien que tous les deux !

15 mars.

Cher journal,

Caroline m'a envoyé quelques photos de notre sortie, dont la fameuse où on est tous les deux, avec Louve et Daphnée, au Rocher du Petit Moulin.

Mon Dieu, ce qu'Elle est belle...

Un de ces jours, j'irai dire à Caroline mon Amour pour Elle. Et je lui proposerai qu'on écrive tous les deux le scénario du plus beau conte de fée que la Terre ait connu.

19 mars.

Cher journal,

Voilà presque une semaine que Caroline est venue, et je ne m'en suis toujours pas remis ! J'aimerais encore y être. A courir et discuter avec Elle.
Je me le dis à moi-même en boucle : je l'aime !!! Oui, mais c'est à Elle que j'aimerais le dire...
Depuis ce fameux 13 mars, nos échanges ont repris comme avant. Caro est donc repartie sur ma proposition de l'inviter au resto un de ces jours, puis Elle a finalement reçu mon dessin (il en aura mis du temps pour traverser la Lorraine!).
Les petits pas, c'est bien, mais parfois il s'agit d'en faire un grand... Jusqu'au jour où l'on s'élance pour le Grand Saut !
Bien sûr qu'alors mon cœur battra à 100 à l'heure (et même bien plus!). Bien sûr que je serai terrifié et heureux à la fois. D'ici là, je vais continuer à lui écrire en choisissant mes mots les plus beaux.

Me voici arrivé au grand virage. Donc... ça tourne ! Je vais continuer à avancer avec un doute plein d'espoir. Caroline est lumineuse... Et moi, j'avance vers la Lumière.

20 mars.
Cher journal,

Aujourd'hui, c'est le premier jour du printemps. Et moi, je me dis que le moment est peut-être venu ? Rassembler tout mon courage. Juste lui dire !
J'ai pensé à lui écrire que j'aimerais encore être à dimanche dernier, à bavarder avec Elle pendant des heures. Mais je crois que ce soir, je vais lui proposer de l'inviter dimanche prochain dans un restaurant spécialisé dans les vermicelles.
Oui, je vais lui dire. Lui dire ce qu'Elle sait déjà. Elle me répondra sans doute que sa vie lui plaît bien comme ça. Mais il s'agit malgré tout de ne pas perdre de vue le plus important : CROIRE EN MON REVE !

En plus, je me suis acheté hier un beau pantalon et une chouette chemise. Le doute n'est donc plus permis : j'ai même ma tenue pour l'inviter !

Je te l'avoue, cher journal : j'ai peur d'avoir le cœur brisé en mille morceaux.

J'ai peur, mais il y a aussi en moi une immense sérénité.

J'ai fait hier ma traditionnelle escale au Rocher pour inscrire son prénom dans la pierre rose. J'ai peur, mais il y a aussi l'espoir : celui d'un jour prendre sa main et de déposer un doux baiser sur ses lèvres.

21 mars.
Cher journal,

Voilà, j'ai invité Caroline.
Et Elle a répondu... Non.
Mais !

Mais ce n'est peut-être pas un « non » définitif et sans appel. Caro m'écrit qu'il lui faudra du temps pour accepter un restaurant à deux. Qu'Elle ne se sent pas prête. Même si Elle ne se l'explique pas vraiment. Elle dit aussi que ce n'est pas évident pour Elle d'avoir les idées claires.

Cher journal, après avoir lu plusieurs fois le message de Caro, je lui ai tout dit. Ou presque. Ce que je comptais lui dévoiler au cours de notre dîner.
Pour commencer, je lui ai écrit combien je l'ai toujours appréciée, et combien je tiens à Elle. Je lui ai confié aussi qu'Elle m'est toujours apparue comme une évidence dans mon cœur... Qu'Elle est la Fille de mes Rêves. Mais que je me suis

toujours dit que ça devait être trop beau pour devenir vrai, un jour. Qu'il y a un an pourtant, j'ai un peu commencé à lui écrire, mais qu'une fois encore je n'ai pas osé y croire, et aussi que j'ai eu très peur de la mettre mal à l'aise.

Jusqu'à cet automne où je me suis enfin laissé emporter par mon Rêve.

Je lui ai écrit qu'il n'y a pas de raison à donner aux sentiments que l'on éprouve, mais que si je devais choisir un seul mot pour parler d'Elle, je dirais « *lumineuse* ».

Que je me sens infiniment bien avec Elle, et complètement bouleversé à la fois.

Je lui ai enfin dit que je serais heureux de l'inviter à dîner, si un jour le cœur lui en dit. Que je garde en moi ce souhait, ce Rêve de prendre soin d'Elle.

Voilà, cher journal. Tout ça, c'était hier soir. Et Caroline vient de m'écrire : Elle est très touchée par mes mots, et Elle a hâte de me répondre !

Voilà mes mots posés en son cœur désormais.
Et je me dis que Caroline va pouvoir prendre le temps d'observer ce qu'Elle éprouve. Lire en Elle ses sentiments, ses souhaits, ses Rêves.
Quant à moi, je suis tout simplement heureux de lui avoir enfin dit mon Amour.

22 mars.

Cher journal,

Oui, je garde espoir. Bien que Caroline m'ait écrit que sa vie est un peu comme en pause en ce moment. Mais Elle me dit aussi qu'Elle est très touchée par mes mots. Qu'ils ne la mettent pas mal à l'aise, au contraire, et qu'Elle est contente si on peut se parler à cœur ouvert.
Elle ne me dit pas clairement s'il y a un « *peut-être* », mais Elle ne me dit pas non plus qu'il y a un « *non* » ! D'ailleurs, Elle m'écrit aussi que j'ai le droit de ne rien y comprendre.

Je n'ai peut-être pas tout compris, mais je lui ai tout de même répondu que je garde un petit espoir de l'inviter un de ces jours.
Oui, je garde espoir, cher journal : car si Caro me dit ne pas être prête, Elle me dit aussi avoir déjà eu des pensées pour moi...Et même bien souvent, si j'ai bien compris !

Me voilà donc dans la posture du prétendant déclaré ! Plus besoin dorénavant de tenter quelque subtile allusion, je vais pouvoir m'exprimer ouvertement. C'est très romantique tout ça !

Le printemps ne fait que commencer. Les premières fleurs viennent d'éclore. Comme ma déclaration d'Amour. Le beau temps est au rendez-vous. Les hirondelles arrivent. Le miracle existe : comme chaque année, la Nature se transforme en quelques jours magiques... Oui, en quelques jours magiques !

26 mars.

Cher journal,

Hier, alors que je retournais en classe chez Monsieur Grant, à vélo, après ma petite pause de midi, malgré la douceur de l'air, le Soleil, les arbres, les oiseaux, le plaisir à pédaler... Mon moral était descendu à peu près au niveau des chaussettes.
Parce que Caroline ne m'avait pas écrit depuis un moment.
Parce que la matinée en classe avait été compliquée, notamment avec deux conflits à gérer pendant la récré.
Parce que j'avais mal dormi aussi sans doute, et j'avais même un peu mal au dos. Bref, un de ces moments où ce n'est pas évident de voir encore ce qui va bien...

Et puis, tout à coup, 13h46 (oui, j'étais super en retard), le bip d'un texto retentit depuis la poche droite de mon nouveau pantalon préféré : Caroline !

Elle m'offrait des mots joyeux qui répondaient aux miens de la veille, Elle me racontait ce qu'Elle avait fait, ce qu'Elle allait faire, me demandait comment j'allais, et concluait par un petit émoji qui envoie un cœur.
Et là, mon cœur s'est remis à battre, j'ai à nouveau entendu les oiseaux chanter et vu le Soleil briller. Je me suis remis à sourire et j'ai pédalé un peu plus vite pour arriver un peu moins en retard.

Après 2h30 de classe très sympas au cours desquelles on a lu dehors et on a fait du théâtre, j'ai ré-enfourché mon vélo.
Arrivé à la librairie, Louve et moi sommes de suite partis pour une belle balade qui s'est finie devant le lycée, une minute avant la sonnerie. Retour avec Agathe et Noé, pendant lequel on a croisés Arthur et Boris. Partie de basket. Et quand les autres ont enchaîné avec des lancers francs, moi j'ai répondu à Caroline.
Oh, j'aurais aimé lui écrire tout plein de choses, mais j'ai surtout lancé une petite idée : « si ça te dit, je

pourrais passer par chez Toi dimanche, avec Louve, pour une petite balade ? »

Et si jamais Elle dit oui et que l'on se retrouve dimanche, j'aimerais lui raconter ce que j'ai appris le soir venu.
Au dîner, c'est moi tout d'abord qui ai annoncé :
- Vous savez quoi ? Aujourd'hui, Monsieur Grant m'a dit qu'il compte prendre sa retraite d'ici trois ans ! Et il a ajouté : « si je calcule bien, ça tombera pile au moment où toi, tu deviendras instit', si tu décroches le concours du premier coup ! Va savoir, c'est peut-être toi qui héritera de ma classe ! Tu pourrais ainsi rester dans ton cher pays ! »

Papa a alors réagi :
- Figure-toi, Théophile, qu'avant toi il y a eu un autre instituteur dans la famille : c'est le grand oncle Emile ! Et il a justement enseigné au Dabo !

Je n'en revenais pas ! Mais le plus incroyable fut la suite du discours de Papa :
- C'était avant la guerre. Pendant l'Occupation, Emile a aidé des Juifs à fuir par la forêt vers la France libre. Un jour, ses deux filles ont échangé dans le train avec un militaire haut-gradé français. Elles ont été fières de lui confier les activités héroïques de leur Papa. Malheureusement, il s'agissait d'un allemand déguisé, et Emile a été emprisonné dans le camp de concentration de Daschau. Plusieurs mois plus tard, il est arrivé un jour à Sarrebourg chez sa maman. Il avait réussi à s'évader ! Et il était revenu à pieds de là-bas. Il ne pesait plus que 36kg. Il a repris par la suite ses fonctions d'instit', mais il a conservé toute sa vie un appétit d'oiseau. Quand il venait chez ton arrière grand-mère, elle lui demandait

toujours : « Emile, qu'est-ce qui te ferait plaisir ? » Et Emile commandait alors de bons plats alsaciens. Mais il n'en mangeait presque rien.

Cette histoire de l'oncle Emile me trotte encore en tête lors de mon footing suivant.
Et, après quelques lectures, j'imagine une course un peu spéciale. Une course à la fois à travers la forêt et à travers le temps.
Je suis en train de courir. Attentif au rythme et à l'amplitude de ma foulée, ma respiration se règle de manière instinctive. Je saute avec bonheur par-dessus les pierres, j'enjambe les racines qui affleurent sur l'étroit chemin, telles les veines d'un corps musculeux.
En plus de la pureté et de l'intensité de mon effort physique, mon âme s'unit avec l'esprit de la forêt. Et je me sens humblement appartenir à cet enchevêtrement de vies. Je fais partie de cet univers verdoyant qui semble être là depuis toujours.

Louve se fond elle aussi parfaitement avec les exigences et l'harmonie de l'endroit. Mes poumons s'emplissent de l'air offert par les arbres et les rochers, distinguent la senteur épicée des pins de l'odeur minérale et humide de la terre rose, de laquelle émerge quantité de champignons.
Au détour d'un virage un peu serré, ma main droite prend appui sur le tronc gigantesque et lisse d'un hêtre sans doute centenaire. Mes oreilles captent le son régulier du travail du pic vert, que je ne parviens à localiser. Je sais juste que c'est quelque part là-haut, dans la multitude des branchages emmêlés.

Je me sens libre. Je me sens bien. Je fais partie de tout cela, je fais partie de cette forêt. Cette forêt qui, depuis des millénaires, a déjà été le théâtre de tant d'aventures humaines, animales et végétales. Je ferme un instant les yeux, et j'imagine... Je pourrais presque me voir passer en courant quelques centaines d'années plus tôt. Mais y verrais-je la même chose qu'aujourd'hui ?

Pas tout à fait, car en remontant le ruisseau bien justement dénommé « Baerenbach », entre Stambach et La Hoube, je me serais sans doute enfui à l'approche d'un ours imposant. Peut-être en chemin me serais-je même égaré en voulant m'écarter du passage de quelque bison ou aurochs.

Installé dans une cavité rocheuse, j'aurais sans doute ainsi attendu que la nuit étoilée laisse place à un nouveau matin ensoleillé. Mais au moment de m'endormir, un peu engourdi par le froid nocturne, j'aurais été brusquement réveillé par les hurlements d'une meute de loups occupée à surveiller son territoire non loin de là.

Peut-être mon sentiment d'appartenance à la forêt aurait alors été encore plus intense et plus humble qu'il ne l'est aujourd'hui.

Peut-être qu'en apercevant le galop magnifique d'un troupeau de chevaux sauvages ou de rennes, j'aurais été encore plus émerveillé devant le spectacle offert par la Nature.

Car toute cette faune a bien vécu ici : ours, bison, aurochs, loup, cheval, renne et bien d'autres encore furent les hôtes de ce massif doucement vallonné aux reflets bleutés. Tous ces animaux avaient ici leur place, tous ont disparu entre le 7ème et le 20ème siècle.

Alors, je me plais à rêver, à imaginer un futur où, pourquoi pas, certaines au moins de ces précieuses espèces sauvages retrouveraient leur place au milieu des chênes et des sapins, parmi les écureuils, les renards et les lynx.

Je cours toujours. Je songe maintenant à ces femmes et à ces hommes qui ont vécu ici avant moi. Aurais-je pu figurer parmi les chasseurs nomades qui, les premiers, pénétrèrent dans ces bois mystérieux et ces vallées profondes, alors que les glaciers recouvraient encore les Hautes Vosges ?

Je peux mieux m'imaginer encore six ou sept siècles avant notre ère, vêtu

de braies, l'ancêtre du jogging, au milieu d'une tribu celte médiomatrique. Comme beaucoup, je me serais installé là avec Louve, séduit par ces grands arbres et ce sol sableux et rose. Envoûté par la beauté du sanctuaire végétal, j'aurais sans doute suivi le druide pour aller célébrer avec lui le culte de Vosegus, le dieu de la montagne, et de Bel, le dieu du Soleil.
Et j'aurais aussi donné un coup de main pour tracer des pistes reliant nos divers clans par les cols, notamment ceux du Hohwalsch et du Narion. Avec quelques pauses bien sûr pour la dégustation des myrtilles.

Un peu chamboulé par l'arrivée des Romains, venus combattre l'invasion par les Suèves, une peuplade germanique, je me serais alors replié sur les hauteurs avec ceux qui, comme moi, tenaient à vivre toujours selon les traditions celtiques.
Mais avec le temps, les ardeurs se calment et se modèrent. J'aurais

finalement été convaincu par quelques-unes des habitudes découlant de la culture romaine.

N'ayant pas du tout envie de chasser, et n'étant pas particulièrement doué pour figurer parmi les bâtisseurs ou les artisans, j'aurais peut-être consacré mon temps à transmettre des contes oraux aux enfants, et à cultiver de beaux potagers.

Les jours de marché, j'aurais emprunté la voie gallo-romaine jusqu'à Sarrebourg, qui s'appelait alors Ponte Saravis.

Malheureusement, le limes fortifié se brise en même temps que la Pax Romana face aux poussées exercées par les peuples d'Outre-Rhin, et Ponte Saravis s'entoure alors de remparts.

C'est lorsque les Alamans prennent les Romains à revers en 356 à Tarquimpol et qu'ils s'établissent sur la montagne que j'aurais été amené à considérer le Kuhberg comme un massif du dieu Wotan.

Dans la région s'installe alors durablement la langue alémanique, mère de l'alsacien, qui s'étend et s'impose sur les versants Nord et Est de la montagne, alors qu'au Sud et à l'Ouest on continue de parler, comme moi, des patois gallo-romains. Cette limite linguistique s'établit et dure à travers les siècles, pour se retrouver notamment dans les toponymes à consonance germanique ou latine, tels le Rocher du Mutzig et le Donon, les deux sommets voisins.

Aux temps des Mérovingiens, lors d'un footing, Louve et moi aurions peut-être un jour croisé le Roi Dagobert paradant à cheval près de son palais de Kircheim, au pied du massif du Schneeberg. L'aurais-je apprécié, ce roi distrait, sachant que c'est sous son règne que les premiers moines vinrent s'installer dans le coin pour le défricher ?
Ces moines christianisèrent de nombreux sites celtiques, gallo-romains et alémaniques, rebaptisant aussi au passage certains lieux.

Au cours des centaines d'années qui vont suivre, il n'y a pas que pour la faune et la flore que la vie fut difficile : famines, pestes, guerres locales au programme.
Lorsqu'en 959 l'empire carolingien se disloque et que mon territoire appartient désormais à l'empire germanique, je me serais sans doute méfié de ce morcellement en pagi, « pays » dirigés par un comte qui faisait exécuter les décisions royales, tout en jugeant différemment une personne considérée comme franque d'une autre considérée comme gallo-romaine.

Entre le dixième et le quinzième siècle, j'aurais très certainement été impressionné par l'édification des nombreux châteaux forts de la région, comme celui de Lutzelbourg construit sur le site d'un castellum romain.

Lorsque éclata la guerre de 30 ans en 1618, opposant d'un côté la France et la Suède à, de l'autre, l'Espagne et le Reich, et que Phalsbourg fut bastionnée sur ordre d'Henry II, j'aurais été inquiet. Et à juste titre, car des années durant le territoire va être divisé jusqu'au traité de 1661 en vertu duquel la Lorraine cède à la France les prévôtés de Sarrebourg et Phalsbourg.

C'est à cette époque que, peut-être parti faire un tour à vélo, j'aurais vu le château de Dabo (alors appelé Dagsbourg) dynamité sous mes yeux effarés. Les autres châteaux des Vosges gréseuses connurent le même sort, considérés comme stratégiquement dangereux par l'armée française.

Le passé et les origines alémaniques des gens firent que l'arrivée de la France fut vécue comme une Occupation. Cependant, l'adhésion à la Révolution puis à la politique napoléonienne changèrent leur perception de la chose. Durant cette période, en 1790, je me serais vu faire partie du département de la Meurthe, rattaché à Nancy. Jusqu'en

1871 où l'actuelle Alsace-Moselle fut annexée et baptisée Lothringen.
Ici, les gens parlaient le francique rhénan, qui fut autrefois la langue de Charlemagne. Mais malgré ce parler germanique, j'aurais peut-être fait partie des nombreux habitants s'élevant avec vigueur contre leur incorporation à l'empire allemand, au grand étonnement des dirigeants de ce dernier qui pensaient avoir libéré la population.
Si à cette époque j'étais devenu instituteur, j'aurais eu quelques difficultés à faire classe sachant que la langue scolaire devint l'allemand.

Et puis arriva la Première Guerre Mondiale, en 1914. Mon arrière-arrière grand-père Florent est incorporé dans le Reich, et il est envoyé en Russie. Sa fille Augusta est née quatorze jours plus tôt...
L'histoire de ma famille est remplie d'événements en lien avec les deux guerres. Mon arrière grand-père Giovanni qui, avec un copain, mange du tabac pour tomber malade et ne pas aller combattre aux côtés de

l'armée italienne. Mais il se remet vite et il se retrouve dans plusieurs pays africains et en Grèce. S'appliquant à combattre le plus maladroitement possible, il est souvent fait prisonnier et se nourrit de pelures de pommes de terre par exemple.
Mon arrière-grand-père Léon, quant à lui, en tant qu'employé de mairie doit distribuer des tracts. Il les distribue à la poubelle et se fait dénoncer. Il évite de peu la déportation. Mais il y a aussi ces deux frères qui, pour ne pas aller au combat, vont se cacher dans la forêt. Leurs parents sont envoyés à Auschwitz...

Heureusement, il y a aussi tout plein d'anecdotes de solidarité et de fraternité.
Mais voilà que la forêt s'éclaircit, je m'approche du village. Louve est un peu devant moi. Mon footing et ce plongeon imaginaire dans le passé de ma contrée prennent fin.
Je suis heureux de faire partie de cette forêt. Je m'y sens bien. Le soir

tombe. J'y retournerai courir, demain.

Que s'y passera-t-il encore ?
Sur plusieurs des rochers qui surplombent les vallées, on peut y lire un prénom : CAROLINE.
Est-ce qu'un conte de fée y verra la jour bientôt ?
Elle connaît mes sentiments désormais. Elle sait que je suis là, sur le pas de sa porte et plein d'espoir.

5 avril.
Cher journal,

Au cours d'un bel échange de messages, je dis à Caroline que ma journée du lendemain sera un peu spéciale : je vais présenter devant quarante personnes un écrit que j'ai réalisé sur la montagne du Donon ! J'y parle géomorphologie, biogéographie, Histoire et légendes.

« *Je veux bien que tu me le fasses lire !* », m'écrit Caroline.
Et le lendemain matin, Elle me souhaite une bonne journée en croisant les doigts pour que je n'ai pas de question piège.
Toute cette gentillesse et cette attention me touchent beaucoup. La Vie, c'est un peu comme la météo finalement : il y a des jours de pluie et d'autres de Soleil. Et il s'agit de ne pas oublier que le vrai sportif s'entraîne par tous les temps. Surtout en Lorraine. Essayer d'atteindre les étoiles même

lorsqu'elles sont cachées par de lourds nuages.

C'est un art de nourrir son Rêve de ses plus belles pensées.

Caroline possède celui de faire s'évaporer les nuages gris, et de faire apparaître un arc-en-ciel d'espoir dans mon cœur.

16 avril.
Cher journal,

J'ai un grand événement à te raconter : Caroline a accepté que l'on se revoit. Et... C'était hier !!
Elle avait prévu une balade de 2 heures près de chez Elle. Mais on s'est un peu perdus et au final on a marché pendant 3h40. Pour mon plus grand Bonheur ! On s'est à nouveau raconté et confié tout plein de choses. On a beaucoup ri aussi.
J'ai relancé l'idée d'un dîner dans un resto, un soir.
Elle a répondu : « Je sais pas... Peut-être ! », en me souriant, plus belle que jamais.
J'ai aussi glissé quelques petites idées pour venir l'aider pour ceci ou cela... Des excuses en réalité pour la revoir dans pas trop longtemps.
Et voilà ce que je compte écrire à ma Guide préférée :
« J'ai hâte d'être à la prochaine fois où on se verra, tu sais. Que ce soit pour une (longue) balade ou bien pour t'aider à nettoyer ton jardin

(non non, je n'insinue pas que c'est le bazar!). J'aime passer ces moments avec Toi. J'aime être près de Toi, tout simplement. Alors voilà, sache que je suis là. Pas tout près, certes, à 1h37 de route... Mais pas si loin que ça ! Gros bisous Caroline ! »

19 avril.

Cher journal,

Caroline m'a envoyé hier de magnifiques photos avec Daphnée, ses parents, et son amie Eléa. J'ai pas fini de les regarder !

Et je me suis laissé aller pour la toute première fois à lui dire clairement qu'Elle est incroyablement belle...

Elle a aussi lu la première moitié de mon histoire, que je suis en train d'écrire.

C'est un peu mon histoire, lorsqu'on a découvert que Louve attendait des bébés, et que de mon côté je m'entraînais dans l'espoir de faire partie de la section sportive en 5ème afin de me retrouver en classe avec Arthur et Boris.

C'est l'année-là que j'ai rencontré Caroline.

Je lui ai envoyé mes pages par la Poste, et Elle a beaucoup aimé ! En me précisant que de voir apparaître son prénom dans le récit lui donne le sourire.

Les expressions « avoir des papillons dans le ventre » ou « avoir le cœur qui fait des bonds » n'ont plus de secret pour moi.

21 avril.

Cher journal,

J'ai mis le mot « FIN » à ma petite histoire hier matin : 44 pages manuscrites en tout, dans lesquelles le héros Théophile tombe amoureux de la lumineuse Caroline. Les 19 dernières pages, je les ai postées hier après-midi.
Caroline y découvrira notamment ce petit rituel que j'ai d'inscrire son prénom sur les rochers par lesquels je passe en courant... En remplaçant le « o » par un cœur.
J'ai beaucoup aimé imaginer ce petit récit.

Je vais maintenant écrire à Caroline, comme tous les matins ! Ces messages échangés sont très précieux, je trouve. On s'y confie tout plein de choses. On rit ensemble. On échange des photos et des émotions. Merci à l'inventeur du texto !
Oui, grâce à ces messages, malgré la distance, il se passe de belles choses

tous les jours ! Des belles choses qui nous rapprochent.

Je ne sais pas si le conte de Fée peut devenir réalité, ou bien si je suis destiné à continuer à rêver d'Elle pour l'Eternité. Mais ce qui est certain, c'est que l'on a jamais été aussi proches qu'aujourd'hui.

Et puis, Caroline va bientôt découvrir mes 44 pages qui sont comme une déclaration d'Amour.

22 avril.
Cher journal,

Et si je tentais un petit aller-retour en 3h14 un de ces soirs avec un joli panier repas, histoire que Caro n'ait pas besoin de cuisiner ?
Et puis... Lui dire « JE T'AIME !! » ?
Et pourquoi pas ?

24 avril.
Cher journal,

En ce dernier matin des vacances, tout pluvieux, et avant de partir marcher deux bonnes heures avec Louve, qu'il est agréable de prendre mon carnet et mon crayon, et de t'écrire.

Ca y est, Caroline a lu mes 19 pages et Elle m'a dit être très touchée par mes mots et mes références à Elle.
Je lui ai ensuite envoyé trois photos, dont une avec son joli prénom inscrit sur la pierre du Rocher du Petit Moulin. Et j'ai ajouté que comme je suis un « prétendant déclaré » désormais, je me permets de lui montrer cette photo !
Précisant également que plusieurs rochers du pays de Dabo ont été ainsi mystérieusement renommés.

Caro mènera son enquête, m'a-t-Elle dit. Et pour cela, Elle me précise qu'Elle aura besoin d'un guide ! J'ai très envie de lui proposer d'aller

nous balader au Donon : ce lieu mythologique et magique, ce rocher de grès rose posé à 1009m d'altitude, et depuis lequel on aperçoit parfois les Alpes.
Peut-être y inscrire son prénom, une fois tout là-haut ?
Voilà qui la ferait avancer dans son enquête !
Le Donon... Un de mes endroits préférés au monde.

25 avril.

Cher journal,

Retour de course : même la pluie n'a pas réussi à faire disparaître mon écriture sur les rochers. Pas étonnant, ai-je écrit à Caroline, il y a des choses que rien ne peut effacer...
Elle m'a répondu que j'écris vraiment bien, et qu'il est normal que ça laisse des traces... Dans son cœur ?

Demain, pour le retour du Soleil, j'ai prévu de lui poster un brin de muguet, en écrivant :
« *Après le temps des perce-neiges, voici venu celui du muguet !* »

Mais voilà ce que je me dis aussi : j'ai déjà exprimé à Caroline ce que je ressens de bien des manières. Avec des mots, avec des fleurs, avec des petites attentions, et même avec des dessins. Le moment ne serait-il pas venu de le lui dévoiler de la seule façon qui manque encore ? Les yeux dans les yeux... Lui dire *je t'aime* !

Voilà peut-être ce que signifie le temps du muguet !?

27 avril.

Cher journal,

Le Soleil est de retour et je sens qu'une belle journée s'annonce. Hier, j'ai écrit à Caro que j'aurais bien aimé posséder le super-pouvoir de me téléporter, rien que pour venir lui offrir un café et un petit chocolat pour accompagner sa pause de midi. Cela lui aurait bien plu, m'a-t-Elle répondu... Aujourd'hui, je vais donc réfléchir à un procédé de téléportation et faire tout de même le plein d'essence, au cas où.

1er mai.

Cher journal,

Retour sur les bancs de la fac. Retour à la grande ville. Et voici le mois de mai. Caroline a reçu mon brin de muguet. Elle m'a envoyé un message vraiment fabuleux pour me dire merci.
Elle sait mon Amour.
Je me dis qu'Elle doit être en pleine lecture de son cœur.
Bientôt, je saurai. L'espoir chasse la peur... Et inversement.
Mais si les nuages ne font que passer, le Soleil lui, ce fidèle ami, finit toujours par revenir.

4 mai.

Cher journal,

Lorsque Keitaro a enfin réussi à déclarer son Amour à Naru (dans le manga « *Love Hina* »), il s'est passé beaucoup de temps, vraiment beaucoup, avant qu'elle lui dise finalement : « je t'aime... peut-être ! »
Et puis, leur lien est redevenu uniquement amical. Tout en se mettant un peu en retrait, Keitaro est demeuré très attentif à Naru. Certainement plutôt serein parce qu'il savait qu'il avait dit son amour à l'élue de son cœur.

J'en suis peut-être un peu au même point que Keitaro. Caroline sait. Je lui ai dit ce que je ressens de la plus jolie manière qui m'a été inspirée. Ses quelques dernières « non-réponses » ont fait naître en moi, non pas un renoncement (mais alors pas du tout!), mais plutôt une forme d'attente et d'espoir moins

pressants. Nous retrouverons-nous au sommet du Donon le 22 mai ?
Impression de me trouver dans la fin du dernier virage.
Quel paysage vais-je découvrir une fois celui-ci franchi ?
La réponse viendra peut-être... Tout là-haut !

5 mai.

Cher journal,

Afin que les plus jolies fleurs puissent grandir et s'épanouir, elles ont besoin du terreau le plus beau, le plus riche. De l'eau la plus pure, et de la lumière la plus douce.
Nourrir mon Rêve de la même manière. De mes plus belles pensées.
Le doute est incontournable. Mais qu'il soit enthousiaste, un « doute confiant », en quelque sorte !
Je suis tellement amoureux de Caroline... Peu importe la distance ou autre interrogation. Mon Rêve est de prendre soin d'Elle, de l'aimer chaque jour, chaque seconde, pour toujours.

C'est le mois du muguet. Le mois porte-bonheur. A moi d'apporter le Bonheur, afin que, peut-être, il m'emporte avec lui.

7 mai.
Cher journal,

Hier, j'ai couru 18 kilomètres avec Louve pour pouvoir prendre en photo les ruines du village gallo-romain, et l'envoyer à Caro.
Elle m'a écrit que la téléportation de mes pensées pour Elle fonctionne très bien !
Et puis on a eu quelques échanges géniaux sur le thème du théâtre et autour de Renaud, qui vient de sortir un nouvel album (merci à lui!).
Une fois encore, et même deux, j'ai pu observer combien on pense et ressent les choses de la même manière : c'est même assez dingue !

Et si je lui proposais une petite balade demain ? Lui dire mon envie de La retrouver... Et lui promettre que je ne dirai rien de mes sentiments !

9 mai.

Cher journal,

Je me réveille avec un grand sourire parce que, eh oui, Caroline et moi sommes allés nous balader rien que tous les deux !
Quel moment merveilleux : encore des heures passées à parler, rire, se confier l'un à l'autre. Caroline était plus belle que jamais, tellement drôle, touchante, fabuleuse. Je lui ai offert mes quelques brins de muguet, mais j'ai tenu ma promesse de ne pas parler de mon Amour pour Elle.
Je pars pour une nouvelle journée, plein d'espoir de prendre un jour sa main.

Et voici les mots que je vais lui écrire ce matin :
« *Coucou et belle journée Caroline !! Fin du p'tit déj' et c'est parti... Tu es en forme ? Je réalise qu'avec ma venue hier soir, tu as eu une journée bien remplie !*

Je repense en souriant à toutes nos conversations... Je vais emporter avec moi ces quelques pensées et sourires, au fond de mes poches et dans mon cœur pour toute la journée qui s'annonce (et les suivantes aussi).
Gros bisous !
Théophile »

11 mai.

Cher journal,

« *Vivre sans tendresse, on ne le pourrait pas. Non, non, non, non... On ne le pourrait pas !* »
Paroles de l'une des toutes nouvelles chansons de Renaud, reprenant Bourvil.
Soirée devant la télé à l'appart', en compagnie de Boris et Arthur, à l'occasion d'une émission avec et pour Renaud, en l'honneur de son anniversaire.
Partage d'impressions en direct avec Caro, par textos, qui Elle aussi regarde le poète.
*Mistral Gagnant, Manhattan-Kaboul...*Et tant d'autres chansons nous font échanger nos ressentis.
De leur côté, mes deux grands amis ont tenu à passer cette soirée à mes côtés parce qu'ils savent que ça me tient à cœur.

J'ai terriblement envie d'écrire à Caroline ce que je ressens pour Elle. Mais je me retiens plutôt bien

désormais. Je glisse malgré tout deux trois petites choses de temps en temps, comme ça, l'air de rien.
Ceci dit, Elle sait.
Mais voit-Elle vraiment à travers mes messages tout l'Amour que j'ai pour Elle ? Voit-Elle que je suis habité par cette certitude fabuleuse et lumineuse ?
Un Amour vêtu de pensées qui s'envolent vers l'Elue de mon cœur.
L'union de deux âmes-soeur est-elle possible ?

12 mai.

Cher journal,

Caro m'a écrit qu'Elle aimerait remonter le temps pour être encore à dimanche... Elle a aussi hâte d'être au 22 pour nous retrouver au Donon ! Et Elle compte nous préparer une tarte poire-amandine.
Ce matin, c'est Elle qui a écrit en premier pour nous souhaiter une belle journée, à Louve et moi.

L'ascension du Donon... C'est un symbole. Celui du sommet de ma Vie. Sur ce sommet, je vais demander à Caroline si Elle veut bien que je prenne sa main dans la mienne. C'est le point culminant de ma Vie. Je le sais.
Vais-je ensuite tomber pour une chute sans fin dans le néant ?
Ou plutôt ne plus jamais descendre du sommet, et me balader pour toujours sur les crêtes avec l'Amour de ma Vie ?

Y paraît que rêver, c'est bien

Même que c'est important !
Je le savais déjà
Et je le gardais en moi
Même lorsque j'avançais dans la nuit
Dans les heures sombres de ma Vie
Un jour, mon cœur s'est réveillé
Rêve éveillé

CAROLINE

Deux Amis depuis dix ans
Si jolie, douce, pétillante
Rêve peut-être trop beau
Lorsque j'ai vu Caro.
Alors je n'ai pas osé
Mais le jour finit toujours par se lever !

Il faut croire en ses Rêves
Même que c'est important !
Mon Rêve, c'est Elle
C'est tellement Elle !
Quelques brins de muguet
Y paraît que ça porte bonheur
Moi, c'est tout mon cœur
Qui est emporté
Qui s'est mis à naviguer
Vers un Conte de Fée

CAROLINE

*Rêver, ça fait du bien
Même que c'est important !
Alors, j'avance sur mon Chemin
En rêvant d'un jour prendre sa main.*

CAROLINE...

15 mai.

Cher journal,

J'ai envoyé hier ces quelques rimes à Caroline. Elle a répondu qu'Elle est infiniment touchée ! Ce qui m'a donné le courage, c'est qu'un peu plus tôt, Elle m'avait envoyé une photo d'Elle en train de courir. C'est dingue, quand même, d'être si jolie ! C'est d'ailleurs ce que je lui ai dit.
Mais c'est aussi le geste qui m'a touché et filé des papillons dans le ventre.

Le Donon, c'est dans une semaine maintenant.
J'aimerais y prendre sa main. Mais que lui dire ? Laisser parler mon cœur. Juste ça... Et la suite se dessinera !

16 mai.
Cher journal,

Cette nuit, pour la toute première fois, j'ai rêvé d'un baiser ! Sans doute grâce aux mots que Caro m'a écrits hier soir.

Je lui avais envoyé la photo de mon œuvre du jour : son prénom gravé dans le banc du promeneur sur un beau rocher peuplé de vieux arbres.

Mon petit travail l'a flattée, m'a-t-Elle dit, et l'a rendue heureuse. Elle m'a aussi écrit qu'Elle a hâte de découvrir à mes côtés tous les jolis endroits dont je lui parle.

20 mai.
Cher journal,

La photo de la tablette de chocolat que Caro m'a achetée, avec ces mots en légende :
« *C'est tout pour Toi...*

Oui, tu lis bien : Elle a mis un « T » majuscule ! Comme une réponse à mes majuscules qui lui sont destinées.

Encore deux jours avant de nous retrouver.
Mon Dieu que je l'aime.
Mon Dieu que j'espère !

22 mai.

Cher journal,

Nous y voilà ! Le Donon... Lieu sacré pour les Celtes, pour les Romains, et pour moi.
Temps estival au programme.
J'ai tellement hâte !
Je vais retrouver Caroline... C'est tellement merveilleux que ça me semble irréel.
Et puis, je suis carrément fébrile aussi.
Pas trop le temps de t'écrire ce matin : je vais préparer mon sac à dos, le pique-nique, et ma tête !
Ceci dit, aurais-je tout de même un conseil à me donner ?
Déjà, me détendre au maximum, et profiter de ces instants magiques !

Et aller tout au bout de mon Rêve.

23 mai.

Cher journal,

*JE SUIS HEUREUX !!!!
Tellement heureux que j'en ai des frissons partout. Que mon sourire ne me quitte pas, même au cœur de cette nuit où je n'ai pas beaucoup dormi !*

Quelle journée historique, quelle journée fabuleuse hier, dans le massif sacré du Donon !

*J'ai envie de dire MERCI ! Un merci gigantesque à la Vie, et à Caroline.
Lui offrir le pendentif en cristal rose. Caro qui, tout doucement, se place tout contre moi. Prendre sa main dans la mienne. Puis, assis l'un contre l'autre, sur le sommet magique, s'effleurer tendrement. Déposer un baiser sur sa joue, un autre dans ses cheveux dorés.
Un peu plus tard, entre les deux Donons, avancer en se tenant par la main.*

Et c'est au sommet du Petit Donon, après un délicieux pique-nique, que l'on passe un deuxième moment serrés l'un contre l'autre. Les minutes défilent, et le temps s'est arrêté.
Nos doigts qui se croisent, qui se caressent. Doux baisers sur ses épaules, dans sa nuque... Jusqu'à ce que nos lèvres se rencontrent.
Instant magique. Je suis bouleversé, emporté par tout l'Amour que je ressens pour Elle. Je l'aime et je ne peux m'empêcher de le lui dire.

Et puis, on se remet à parler, à se confier nos histoires. S'apercevoir qu'en fait, depuis dix ans qu'on se connaît, on a toujours été troublés par l'autre...
On reprend le chemin. On s'égare un peu, mais pas trop. Et nous revoilà au sommet, assis l'un contre l'autre au pied du temple dans le soir qui s'installe.
Caresses et baisers à la fois d'une douceur et d'une intensité infinies.
Juste sous le ciel, la montagne est devenue silencieuse.

Peut-être même est-ce là déjà le ciel ?
Oui !
Rêve qui devient Réalité.
Les deux mêlés, pour ne plus faire qu'Un.
Il faut bien redescendre parce que la route nous attend. Mais nos têtes et nos cœurs restent là-haut, tout là-haut...

Impossible de trouver vraiment les mots ! De décrire cette sensation de Bonheur.
Ca fait quand même du bien de poser ceux-là sur le papier, en attendant de La revoir. De Te revoir.
Belle journée Caro !
Je pense très fort à Toi...

26 mai.
Cher journal,

Dans quelques heures, vers midi, on sera à mi-chemin entre lundi soir et samedi après-midi, le prochain moment que l'on passera ensemble, Caroline et moi.
J'en reviens pas, tant c'est merveilleux !
On est là, tous les deux sur notre Petit Nuage, très très haut dans le ciel. Je crois bien que la mission de la suite de ma Vie, c'est tout simplement de rayonner de Bonheur ! Etre heureux et utiliser mon énergie pour prendre soin de tous ceux que j'aime et de tout ce que j'aime.

29 mai.

Cher journal,

Je me suis réveillé hier à Beimbach, puis j'ai partagé le petit déj' avec Boris et Arthur, avant d'aller courir tous les trois avec Louve. 21 kilomètres à zigzaguer de droite à gauche, sur les petits sentiers, entre pierres et racines, et de haut en bas, de superbes rochers en fond de vallée habité par un ruisseau sinueux.

Un peu plus tard, j'ai pris la route pour retrouver ma Bien-Aimée. Longue balade au cours de laquelle on s'est assis au pied d'un vieux chêne. Sous le regard sage et bienveillant de celui-ci, serrés l'un contre l'autre pour un moment hors du temps.
J'ai glissé un « je t'aime », mon visage dans les cheveux dorés de Caroline.
Elle m'a alors serré un peu plus fort. Plus tôt, Elle m'avait dit qu'Elle sait

désormais ce que ça signifie « être amoureuse ».

La journée s'est achevée par un resto en compagnie de Papa et Emma. Heureusement que j'ai encore toute cette journée pour réviser parce que la saison des partiels commence demain ! (Mais j'irai quand même courir.)
J'ai lancé une grande idée à Caro : passer le week-end prochain en entier tous les deux au chalet ! En entier, ben oui, ça voudrait dire... Avec les nuits aussi ! Oulala, pas sûr qu'Elle dise oui.

Cher journal, me voilà au sommet de ma Vie. Et les autres sommets sont désormais à parcourir à deux, main dans la main, avec ma jolie Bien-Aimée. Le Donon est bien un lieu magique. Et Beimbach aussi !

1er juin.

Cher journal,

Je crois que j'ai raté en beauté mon premier partiel. Toujours et encore l'hydrologie. Mais je pense que je me suis bien rattrapé l'après-midi pendant les trois heures à disserter sur les forêts du monde. La suite dans deux jours.

Lundi soir, j'ai repris la route à nouveau pour une soirée fabuleuse auprès de Caroline. Elle sortait Elle aussi d'un partiel, et on a commencé la soirée par un footing le long de la rivière : son « 7 kilomètres classique ».
Un fou rire lorsqu'Elle m'a coincé les doigts en refermant la vitre de la voiture. Moments divins de passion et de tendresse. De confidences. De regards échangés de tout, tout près.
Ca va devenir mon défi de trouver les mots pour approcher ne serait-ce qu'un peu la force et la grandeur de l'Amour que je ressens !

2 juin.
Cher journal,

Un p'tit lever à 4h30, à la Tortue Géniale, ça faisait un moment !
Une belle partie de la journée au chalet, avec Louve et avec des moustiques, à réviser, à faucher et à courir.

Et puis... pour y passer tout le prochain week-end, Caro a dit OUI !!

4 juin.

Cher journal,

J'ai acheté à Caroline une grande tasse avec des hiboux dessinés dessus.
Je la lui offrirai à Beimbach, accompagnée de ce petit texte :

« Une tasse avec ton animal-totem dessiné dessus : je me suis dit que ça ferait joli dans ta cuisine... Et puis, je t'imagine la tenir au petit déj' entre tes doigts de Fée, ton regard bleu encore un peu ensommeillé... J'adore cette image ! Ou bien, pour accueillir ta tisane du soir, toute bien installée sous ton plaid ! »

C'est parti pour six heures d'examens : trois ce matin et trois cet après-midi, avec 1h30 de pause au milieu. Mais ensuite, ce sera presque les vacances ! Allez, j'enfourche mon vieux vélo et je vais rouler dans les rues déjà animées. Ma roue avant est un peu voilée, une voiture a dû emboutir ma bicyclette, garée sur le parking à vélo. Un peu compliqué parfois d'être un véloclyste dans une grande ville : concentration maximale obligatoire, ce qui n'est pas évident du tout pour un garçon distrait comme moi !

6 juin.

Cher journal,

Bonheur indescriptible... Mais je vais essayer de te raconter quand même !

Caroline et moi avons passé une journée merveilleuse à Beimbach. Elle a trouvé l'endroit charmant. Elle ressent les choses comme je les ressens. Et Elle avait bien conscience, je crois, que je lui faisais découvrir un endroit cher à mon cœur.

La journée a défilé sans que l'on s'occupe des heures. Le Temps avait suspendu sa course pour nous.

Caro m'a offert un grand plaid tout doux pour pouvoir passer des soirées à sa manière... Moi, je lui ai offert la fameuse tasse hibou !

J'ai passé la journée à contempler Caroline. Qu'Elle est belle... C'est juste incroyable. Sa beauté et sa grâce se révèlent aussi par sa gentillesse fabuleuse et sa sensibilité. Une sensibilité qui se lit dans la profondeur et la pureté de ses yeux bleus. Notamment. Sa peau est si douce et délicate, son sourire rayonne et m'envoûte complètement, ses traits sont d'une perfection infinie. Ses gestes, sa voix, son rire me bouleversent. Quant à ses baisers et ses caresses, ils m'emmènent dans un univers où il n'y a plus que l'Amour.

On a fait une grande balade en passant par le cimetière gallo-romain et le rocher du Hohwalsch. Balade qui s'est finie sous le déluge ! On s'est ensuite réchauffés devant un bon feu... Les heures qui suivent ont été partagées entre des discussions, des rires et des câlins fabuleux... Oui, les contes de fée, ça existe !

13 juin.

Cher journal,

Quelle course... Pour résumer : 45 minutes à courir, puis deux heures à me remettre debout.

Et pourtant, tout avait super bien commencé. Un temps génial, et j'étais très motivé pour courir à fond ce 12 kilomètres sur un parcours que je connais par cœur.

Bien qu'habitué ceci dit à le courir avec Louve, et pas avec un dossard parmi 200 autres coureurs.

Départ rapide. Une première montée de 4 kilomètres nous emmène au point culminant de la course, à 545 mètres d'altitude. Je me place vite en troisième position, derrière Arthur et Boris. Il fait très chaud en ce début de soirée, mais je me sens super bien, et il me semble facile de suivre mes deux amis.

Sixième kilomètre : je commence à avoir très chaud, et soif aussi. Je m'accroche comme je peux, mais Boris et Arthur prennent de l'avance, et je me fais passer par un autre coureur. A partir de là, j'ai comme un trou de mémoire. Il ne me revient que des bribes. Je sais que je n'ai rien voulu lâcher. Je me souviens de la ligne d'arrivée. J'ai envie de retirer mon tee-shirt mais je me dis que mon dossard doit rester visible. Et puis Boum, je m'écroule.

Lentement, à l'aide de petites gorgées d'eau et de morceaux de pastèque, je reprends mes esprits.
OK, je finis 4ème. Mais je me dis qu'à l'avenir, il s'agira de ne plus courir à 110%. 95, ce sera suffisant ! Quant à Noé, il finit 6ème : il est de plus en plus fort !
Je pensais aussi voir Monsieur Grant sur la ligne de départ, mais il n'est pas venu. Il m'a confié il n'y a pas longtemps qu'il court de moins en moins avec sa montre, le chrono n'ayant plus pour lui grande importance. Maître Yoda a parlé.

30 juin.

Cher journal,

Les sensations reviennent ! Après quinze jours passés à trottiner doucement, nous voilà, Boris, Arthur, Noé et moi, sur les sentiers du Mont Blanc.
Louve m'a un peu manqué, il faudra que je revienne ici avec elle.
Caroline m'a manqué aussi, et j'ai très envie de revenir aussi ici avec Elle : peut-être justement accompagnés par Louve !? Mais j'ai avancé malgré tout le sourire aux lèvres, portés par tous les messages d'Amour de ma jolie Bien-Aimée.
Paysages magiques et rencontres avec des chamois et bouquetins au programme. Choisir le meilleur tracé dans le grand pierrier. Avancer les mains sur les cuisses dans la dernière montée. Lever les bras au ciel une fois le sommet atteint (3096m!) et admirer le paysage panoramique, immaculé et grandiose, balayé par le vent. Redescendre en trouvant le bon

compromis entre rapidité et prudence, et faire de jolies glissades sur les névés. Une escale au refuge pour un panaché, puis un thé et une part de tarte aux pommes. Fin de course le long du torrent et traversée d'une prairie aux mille fleurs.
Oui, j'espère vraiment revenir ici un jour avec ma jolie Bien-Aimée !

4 juillet.

Cher journal,

Après la parenthèse sportive en altitude, il reste une dernière semaine bien chargée à vivre avant les grandes vacances.

Pour commencer, il s'agissait de découvrir les résultats des partiels. Caro s'en sort à merveille, avec une mention Bien. La voilà diplômée en Sciences ! Et Elle va compléter ses études par une licence pluridisciplinaire.
De mon côté, petite déception quand même avec des notes qui font le grand écart. Mais ça passe. J'irai donc en licence de géographie !

Un dernier passage par la classe de Monsieur Grant demain, et le plongeon dans l'été sera total !
Avec notamment et surtout, pour bien débuter, cinq jours à Cannes en amoureux.

30 juillet.

Cher journal,

Comment résumer avec des mots notre séjour à Cannes ? Caroline en a trouvés de très jolis, alors je vais la citer :

« C'est comme si on avait toujours été ensemble ! »

Et puis, heureusement, on a tout plein de photos.
Retour à la vie « normale » pour quelques temps. Pendant que Caro est en vacances en Bretagne avec ses parents, moi je passe une bonne partie de mes journées à courir et à me balader avec Louve et avec les copains, à aider Papa à la librairie, et à lire beaucoup aussi.
Caroline me manque mais j'ai entendu sa jolie voix au téléphone hier soir, et ça m'a déposé à nouveau sur notre Nuage tout là-haut.
Et tout bientôt, on se serrera tout fort l'un contre l'autre. Décidément,

je me rends compte de plus en plus à quel point les mots ne suffisent pas pour décrire combien je suis amoureux, et combien Elle est merveilleuse !
Les mots ne suffisent pas mais il faut bien les chercher quand même ! Alors, si tu le veux bien, cher journal, je vais continuer ici mes recherches.

27 août.

Cher journal,

Dans mon agenda tout neuf, j'ai coché la case « y fait beau », alors que dehors il fait surtout tout noir. Si j'avais repéré une case « il est 5h du mat' et j'ai déjà fini mon petit déj' », je l'aurais cochée. En plus, je crois bien que c'est de la pluie au programme aujourd'hui. Et ce qui est sûr, c'est qu'il y a la nouvelle Lune. La case « tout noir » est donc assurément la meilleure.

De mon côté, voilà un matin où je me sens inspiré à écrire. Y a des jours comme ça, ça vient. On verra si mes mots sont aussi jolis que je l'espère parce que, tu vois, j'aimerais bien les faire lire à Caroline un de ces jours.
J'ai devant moi ma tasse de café préférée, celle que ma jolie Bien-Aimée m'a ramenée de Bretagne. Elle est toute en grès et toute bleue, à l'exception de silhouettes d'oiseaux blancs et de navires, blancs aussi.

Devant moi, il y a aussi un pot de gelée de groseilles absolument délicieuse, et que j'ai acheté à l'épicerie bio. Il m'en reste tout plein, ce qui est une bonne nouvelle, mais un peu moins qu'avant le petit déj' quand même. Et, pas trop loin, il y a le livre « Chroniques de Renaud » que j'aime bien consulter un peu avant de me mettre à écrire. Ca m'inspire et ça me file la pêche. Il est vraiment très fort, Renaud, parce qu'il arrive à écrire à la fois avec poésie et avec humour.

Je me demande quel livre il avait posé pas trop loin lorsqu'il a écrit ses lignes à lui...

Pas trop loin non plus, mais sous la table, il y a ma chère Louve qui sommeille encore. Je lui ai pas encore dit, à mon amie à tête de loup polaire, mais tout à l'heure, lorsque le jour et la pluie se seront levés, on partira dans les bois pour courir au moins 20 kilomètres. Et peut-être même beaucoup plus, genre 22 ou 42.

En nous baladant quelques fois au cours de cet été, Caro et moi nous sommes laissés aller à rêver d'un jour nous installer tous les deux dans une jolie vieille maison rénovée (Caro dirait « charmante »), posée sur les hauteurs, et avec un paysage de carte postale partout autour.

J'aime bien nous y imaginer déjà, par exemple pour un Noël. Avec de la neige au dehors, qui tomberait à gros flocons, et à l'intérieur le poêle à bois qui réchauffe.

Ca paraît tout droit sorti d'un doux Rêve ce que je raconte, mais je suis certain que, comme Renaud le chante, « *le Paradis est sur Terre* » ! Je sais, je me répète, mais j'adore cette phrase.

Un Rêve qui a commencé il y a si longtemps. La Vie a ensuite préféré nous éloigner, mais c'est bien là, lors de cette première année de collège, que le Rêve est né. Comme une étoile qui se serait mise à scintiller dans un ciel de nouvelle Lune (encore elle). Parfois lointaine, très lointaine. Mais toujours là. Et que rien ne pouvait éteindre.

En cette nouvelle année scolaire qui s'apprête à commencer, Caroline et moi serons encore bien souvent tenus loin l'un de l'autre... Mais ce qui est fantastique, c'est que je n'aurai que 13 heures de cours par semaine !
Je rejoindrai donc ma jolie Bien-Aimée dès que possible.

Elle est belle. Tellement belle. Tellement belle que c'est forcément la beauté de son cœur qui transparaît sur les traits délicats de son visage, sur sa silhouette si gracieuse, ses cheveux dorés, sa voix si douce, son sourire lumineux, et dans ses yeux bleus au regard si profond. Dans la beauté aussi de ses mots qui témoigne de la pureté de son cœur, sa joie de vivre et son humour, sa gentillesse à toute épreuve.
Si Elle lisait déjà ses lignes, Elle serait flattée mais Elle ne me croirait

pas : Elle dirait juste : « Toi, tu es amoureux ! »

Ce que j'ai ressenti quand je l'ai rencontrée (ça s'appelle un coup de foudre y paraît) n'a pas duré qu'un instant. Au contraire, ça a grandi encore et encore. Ca s'est démultiplié en parlant avec Elle, en apprenant à la connaître... Tout en réalisant que c'était comme si on se connaissait déjà ! Comme des retrouvailles de deux âmes-sœur.

Quand j'y pense... J'en ai mis du temps avant de lui dire ce que je ressentais ! Il faut dire que Caroline me paraissait bien trop fabuleuse pour moi, simple humain amoureux et rêveur.
Mais quand même, malgré ma timidité, on est vite devenus amis. Et je me vois encore le matin à vélo, en train d'imaginer une ou deux phrases que j'allais essayer de lui dire pendant la journée.
Pour la flatter, pour la faire rire, et sans trop bégayer si possible.

Et puis voilà, nos chemins se sont séparés... Heureusement, on s'est revus de temps en temps, avec les copains.

Et à chaque fois, c'était la même chose : en revoyant Caroline, une vibration indomptable s'emparait de moi en entier. Ce que je gardais enfoui au plus profond de mon être explosait de manière à la fois infiniment agréable et infiniment douloureuse.

Complètement sous son charme, totalement troublé. Amoureux.

Mon Rêve ne m'a jamais quitté.

Mais un jour, je me suis dit qu'il était temps de le regarder et, peut-être, de tenter de l'effleurer.

Cette étoile scintillante dans mon ciel s'est alors mise à briller à travers les nuages. Elle les a dissipés, et elle est devenue un Soleil. MON Soleil.

Et voilà trois mois que le Rêve est devenu Réalité... Trois mois que la Vie s'est transformée en Paradis.

Ma jolie Bien-Aimée sait déjà tout ça. Mais j'ai quand même envie de le lui lire.

13 octobre.
Cher journal,

Voici les mots que j'ai reçus hier soir de Caroline, alors que j'étais sur le chemin du retour, après une merveilleuse journée passée ensemble :

« Coucou mon Amour !
Merci pour cette merveilleuse journée à tes côtés !!
Je t'aime de tout mon cœur !
Tu es l'Amour de ma Vie.
Je vais m'endormir le sourire aux lèvres, en repensant à Toi, et à la joie de partager ma Vie avec l'Homme le plus merveilleux au monde.
Bon courage pour la route qu'il te reste à parcourir.
Je dépose un baiser sur chaque étoile au-dessus de ta tête pour veiller sur Toi et venir te couvrir de tout mon Amour.
Je te souhaite les rêves les plus beaux, les plus doux.
Je t'aime ! »

15 octobre.
Cher journal,

J'aime le lundi. Après les cours et le footing avec Louve, direction l'appart' de ma jolie Bien-Aimée pour une soirée rien que pour nous. Quand j'arrive, parfois avec un bouquet de cinq roses blanches, à chaque fois mon cœur fait un bond lorsque Caroline m'ouvre la porte. Telle une apparition, toujours plus belle que jamais, Elle m'offre son sourire lumineux et désarmant qui m'oblige à inspirer un grand coup.
Et me voilà entré.
On est ensemble pour partager plusieurs heures qui s'écoulent à une vitesse inadmissible. Notre endroit préféré pour dîner : sur le canapé, devant la petite table basse. Quelques petites lampes nous entourent, et parfois aussi un bon feu dans le poêle juste à côté de nous.
Même dans sa manière de préparer le repas, de disposer les assiettes et nos verres, je ressens toute la Grâce

et l'Amour que Caroline place dans chacun de ses gestes, de ses mots, dans chacune de ses idées.

On se parle encore et encore, un fou rire vient nous interrompre de temps en temps.

Et, un peu plus tard, dans la douceur de nos étreintes et la passion de nos baisers, on s'endort l'un contre l'autre.

Parfois, dans la nuit, je me réveille un peu et je contemple mon Amour dont la beauté est révélée par la blancheur de la Lune au-dehors (ou par la lumière du radio-réveil, mais c'est moins poétique).

Commencer une journée tous les deux, puis se dire « à ce soir ! », quel privilège incroyable... C'est ce qui arrive parfois. Ou bien, après un mardi soir et un mercredi matin sportifs, je rejoins Caroline pour une après-midi et une soirée tous les deux. Cette semaine, je suis revenu de mon 30 kilomètres matinal avec un sac rempli de châtaignes et de cèpes.

Dur dur de reprendre la route le mercredi soir mais, accompagné par les étoiles sur lesquelles mon Amour a déposé un doux baiser, je pense déjà à la prochaine fois où l'on se retrouvera. Pour un week-end à deux ou avec les amis. Et bientôt, les vacances...

Et puis, viendra le moment où l'on s'établira dans notre maison, posée sur les hauteurs arborées.

De là, peut-être même que nous pourrons contempler le sommet du Donon.

Là où, pour la première fois, nous nous sommes donnés la main.

Là où nous retournerons, tout bientôt.

9 novembre.
Cher journal,

Courir. En courant, mes pensées se promènent. Librement. Comme une méditation ambulante.
Pablo Vigil a dit : « Courir est l'une des choses les plus spirituelles au monde. C'est lié à tellement d'autres choses, comme l'esprit humain, les buts, la signification de la vie, l'estime de soi, faire du monde un endroit meilleur. J'ai eu quelques-unes de mes meilleures pensées en courant. Juste être seul dans les montagnes, être capable d'écouter le silence et méditer. »
Comme pour le grand Pablo, c'est en écoutant le silence, le bruit de mes pas et le chant des oiseaux que j'arrive parfois à entendre ce que j'ai à me dire.
Une fois la course du jour finie, je me sens la plupart du temps épuisé et ravi : un état de grâce que j'aime tant ! Ravi d'avoir fourni mon effort physique ; senti mon corps exister et

se mouvoir au milieu des arbres, de la terre et de l'eau.

Ravi aussi d'avoir pensé. Laisser défiler les émotions et les ressentis tranquillement et librement, sans le filtre du mental.

Oui, courir est un acte de liberté. Et de libération. D'épuration. Un acte qui permet de laisser s'envoler les tourments et les peurs pour mieux retrouver l'essentiel ensuite (l'essence-ciel!). Le Divin en moi. La partie qui sait.

En courant ce matin, j'ai vu un truc essence-ciel : alors que la pleine Lune éclairait encore la nuit de son rayon d'argent, les plus jolies flammes de mon âme se sont mises à scintiller. Une idée géniale est arrivée : courir jusqu'à ma jolie Bien-Aimée ! De chez moi à chez Elle. Plus de 100 kilomètres pour lui dire combien je l'aime.

Anna Frost a dit : « courir, c'est un moyen de voyager et une exploration de soi. Courir, c'est du temps qui m'appartient. »

J'ai à nouveau la forme. Grâce à la course. Grâce à l'Univers. Et grâce à ma jolie Bien-Aimée, à ses mots et à son sourire lumineux. Cap franchi.
De mauvaises pensées m'avaient emmené assez bas devant ces journées qui nous tiennent si loin l'un de l'autre.
Elle me manque toujours beaucoup mais l'énergie joyeuse est à nouveau au rendez-vous pour habiter ma Vie en poète. Pour vivre à fond chaque instant.
Et faire confiance. Voir ce qui va bien, toujours !

Je vois la forêt, ainsi que Théodore Monod l'écrivait pour le désert, comme un révélateur de l'âme.
Avancer au fin fond des bois me fait partir à la recherche de ma vérité et me relie à l'universel. La présence des arbres fait jaillir mon Feu intérieur, celui qui servira ensuite à choisir au mieux mes pensées, mes paroles et mes actes. La Nature m'apprend la sagesse. La forêt enseigne au corps l'harmonie dans le

mouvement. Courir dans la montagne, c'est aussi l'apprentissage de la soustraction : deux litres d'eau dans le sac. Une nourriture frugale. Une tranche de jambon pour Louve. Et parfois aussi un livre, mon carnet et un crayon.
Même une fois retourné à mes autres activités, la liberté intérieure que m'a offert la course du jour continue de circuler en moi.

Byron a écrit : « s'asseoir sur les rochers, rêver devant les monts et les flots ; parcourir lentement les ombrages de la forêt où demeurent les choses qui n'admettent l'empire des hommes, où aucun mortel n'a jamais ou rarement pénétré ; gravir loin des yeux d'autrui la montagne dépourvue de sentes, avec le troupeau sauvage qui n'a pas d'enclos ; tout seul se pencher sur les précipices et les chutes écumantes ; ce n'est point la solitude. C'est converser avec les charmes de la Nature et voir les trésors étalés. »

Je passe par le château, le rocher du Petit Moulin sur lequel j'écris le prénom de ma Bien-Aimée, puis je descends jusqu'à la rivière. Après l'avoir franchie, je remonte le vallon d'en-face. Mes pas sont parfois accompagnés par le bruit régulier du travail du pic vert sur son arbre préféré. Dans le jour qui se lève, j'aperçois la silhouette d'un chevreuil qui s'enfuit déjà.

L'air est frais. Le ciel et les nuages se dessinent lentement dans l'aube du nouveau jour. Les arbres défilent. Les foulées s'enchaînent. Rien ne bouge, ou presque. A part moi, et Louve qui vadrouille. Dans la vallée, le brouillard gagne en épaisseur. Mais la Lune offre un peu de son éclat.

J'accélère !

J'ai envie de sourire !

Je pense à mes amis, à ma famille... Tous ces êtres si chers à mon cœur.

Les courses et les matchs de basket avec Boris, Arthur et Noé. Nos soirées croque-monsieur à l'appart' et les parties de Monopoly. Les moments passés à la librairie avec

Papa, nos traditionnels ping-pong, et les dîners toujours joyeux du samedi avec Emma. Les pâtisseries préparées puis dégustées avec Maman ou avec Agathe. Au retour d'un ciné par exemple.

Le sentier descend maintenant franchement. Il s'agit de bondir entre les grosses pierres et d'enjamber les racines et les branches au sol sans trop trébucher. Louve y arrive super bien, je trouve.
Foster McClellan a dit : « Créez le genre de vie qui vous rendra heureux. Maximisez toutes vos capacités en soufflant sur les minuscules étincelles intérieures des possibilités pour attiser les flammes de l'accomplissement. »
Un sanglier surgit et part se cacher à peine plus loin. Depuis quelques minutes, il ne pleut plus. Un merle femelle s'ébroue dans une grande flaque d'eau. Elle est drôle : elle plonge sa tête dans l'eau, la ressort aussitôt et la secoue, puis agite ses ailes.

Quelques kilomètres le long de la rivière au cours desquels Louve aide quelques canards à se réveiller.
Je repense à son arrivée, alors qu'elle était toute petite ! Elle ressemblait à un ourson blanc. Je pense à son regard gentil, à son énergie débordante, à tous ces moments magiques et sportifs que l'on partage tous les deux. A sa technique de me barrer le passage le matin, à la cuisine, les quatre pattes en l'air, afin d'être sûre qu'elle reçoive son lot de caresses. A sa façon de s'asseoir devant moi quand elle entend le café couler, en me fixant, tête penchée. Elle sait que c'est là qu'elle va recevoir sa friandise préférée : un Fantastix !

Ca y est, on traverse la rivière, puis la voie ferrée. Au programme, 300 mètres de dénivelé positif étalés sur deux kilomètres de pure montée zigzagante. Puis, parcourir sans un bruit les vestiges du vieux village gallo-romain, où rien n'a bougé depuis bientôt 2000 ans.

Anton Krupicka a dit : « J'adore la sensation de courir sans effort qui survient quelquefois lorsque je suis un monotrace couvert d'épines de pin, ou même quand je coupe trois lacets. J'adore la sensation que je peux éprouver à courir dans un cirque glaciaire ou passer un col. Ce sentiment de se sentir tout petit et humble devant l'immensité de la Nature (...). La course à pieds aiguise la sensation d'être en vie et sublime les émotions. »

Oh oui, je me sens en vie ! Carrément en vie, mon corps en mouvement à se livrer à fond dans l'effort.

Emotions sublimées aussi, c'est vrai.

Je nous revois au petit déjeuner, hier matin. Quand même, c'est bien moi qui étais assis juste là, à côté d'Elle ! De Caroline, la Fille de mes Rêves. Comme toujours, plus belle que jamais. Sa chevelure dorée encore mouillée. Elle hésite un instant entre la confiture et le miel. Puis, Elle me sourit et, tout en venant tout contre moi, Elle me dit : « on a encore le temps pour un petit câlin... »

Je l'aime tellement !
J'ai envie de le lui dire tout le temps.

Il s'est remis à pleuvoir. Un vrai déluge ! Je ramasse quelques châtaignes sous de lourds nuages qui enveloppent la montagne. Puis, je marche sur quelques dizaines de mètres, le temps de franchir une succession de rochers escarpés. Et hop, je repars à allure soutenue. A l'écoute de l'Appel de la forêt qui vibre en moi.

Tout à l'heure, c'est un autre Appel que j'écouterai : celui de rejoindre Caroline pour un mercredi après-midi tous les deux. Et alors que l'on regardera Louve et Daphnée jouer ensemble, je déposerai un doux baiser dans le cou de ma Bien-Aimée. Et, tout en l'enlaçant, je lui glisserai ces mots si importants :
« JE T'AIME ! »
Quant à courir... j'y retournerai demain !

Kilian Jornet a dit que c'est essentiel de toujours avoir des rêves, et de

tout mettre en œuvre pour les réaliser.
Alors voilà, en plus de toutes les belles choses qui m'arrivent, je continue d'avoir des Rêves, et de souhaiter que ceux que je vis déjà, qui se sont réalisés, se poursuivent pour toujours !
Je rêve donc à une maison, un jour.
Je rêve, avant ça, de demander à Caroline si Elle veut bien que l'on se marie un de ces jours... Si Elle dit OUI, on deviendrait alors deux Fiancés !
Je rêve de toujours courir et écrire.
Je rêve que tous ceux que j'aime soient heureux.
Je rêve de devenir instit' et de m'établir dans une classe qui me va bien.
Et je n'oublie pas que le Bonheur, c'est déjà le Chemin qui mène au Rêve !

Parfois, le Chemin est un peu cabossé, c'est comme ça. Mais avec mes baskets préférées aux pieds, ça passe. Ces dernières semaines à traverser, pas sous une tempête,

mais par temps maussade avec quelques grosses averses de temps en temps, m'ont chahuté.
Et c'est en moi qu'il a fallu trouver l'équilibre pour ne pas trébucher.
Il s'agit aussi d'accepter que les choses ne sont pas forcément parfaites tout le temps.
Composer avec cette réalité, sans sombrer, et en oeuvrant patiemment, par petits pas, pour aller vers mon Idéal.
Même si ce dernier ne s'accomplit pas complètement, ou pas tout le temps, se savoir ETRE sur le bon Chemin est bien l'essentiel !

Et puis, comme l'a écrit Anne Frank :
« être heureux aide les autres à être heureux aussi ! »
C'est donc bien en allant vers mon Bonheur que je participe au mieux à celui de ceux que j'aime !

17 mars.

Cher journal,

Le 11 mars est devenu une date de la plus haute valeur symbolique, celle où Caroline et moi nous sommes fiancés au sommet du Donon !

Après avoir sorti une petite bouteille de champagne et quelques noix de cajou, et au terme d'un long discours où je lui ai expliqué combien je l'aime et combien Elle est merveilleuse, j'ai posé un genou à terre. Puis j'ai présenté à Caroline la bague en pierre de lune que je gardais jusque-là bien précieusement.

Et je lui ai posé LA GRANDE QUESTION : Voulait-Elle se marier avec moi, un de ces jours ?

CAROLINE A REPONDU PAR UN GRAND OUI !!!

Moment magique et indescriptible...

Cette bague qu'Elle porte est désormais le symbole de notre Amour éternel.
Et... Oui, on va se marier... Un de ces jours !

J'ai annoncé la grande nouvelle à Papa et Emma, à Maman, aux copains, à Monsieur Grant. Ils sont heureux pour nous !
Question d'Agathe, qui était dans la confidence : « alors ça y est, je peux le dire à tout le monde ? »

3 mai.

Cher journal,

*Pour Toi
Trois brins de muguet
Peut-être encore accompagnés
De leur doux parfum printanier
Blancheur immaculée
Gracieuse
Comme Toi
Eclatants messagers
De mon Amour
Pour Toi
Et un de ces jours
Au petit matin
Recouverts de rosée
Dans notre jardin.*

*En attendant, ils traversent
Avec du papier à lettre
Presque toute la Lorraine
Ses vallons, ses plaines
Jusqu'à Toi
Ils apportent avec eux
Le chant des ruisseaux
Et celui des oiseaux
Rien que pour Toi
Le vent qui a porté doucement
Le papillon insouciant*

*Dans le ciel doré
Du jour finissant
D'où s'envolent toutes mes pensées
Pour Toi.*

*Ces brins de muguet
Vu que j'ai pas réussi à soulever
Mon rocher préféré
Celui sur lequel j'écris
A chaque fois que je cours
Ton joli prénom
Pour te dire mon Amour
A Toi, et aux promeneurs
Aux hirondelles et aux pinsons.*

*Je t'aime de tout mon cœur
Caroline, ma jolie Fiancée
Ma princesse, mon âme-sœur
Pour l'éternité !*

Ton Théophile.

23 juin.
Cher journal,

Au cours de ces journées où tant de kilomètres nous tiennent l'un loin de l'autre, c'est parfois dur d'attendre le moment d'enfin se retrouver...
Mais heureusement, il y a tous nos petits messages qui viennent adoucir cette longue attente ! Et puis, il y a mes pensées qui volent vers Toi, à chaque instant.
Au matin, lorsque j'ouvre les yeux.
Au fil de la journée, alors que j'aimerais partager avec Toi tant de petites choses. A chacun de ces moments aussi où un petit détail me rappelle l'un d'eux. Dans ce temps qui s'écoule où je réfléchis, où j'écris, où je cuisine, où je cours... Je te ressens si près et si loin à la fois.
Parfois, l'attente me semble insurmontable... Mais bien souvent, un petit mot de Toi arrive alors et apporte douceur et réconfort.

Quelques-unes de tes jolies phrases suffisent à me redonner le sourire.
Et je me dis que la Vie est si belle.
Je t'aime mon Amour, ma jolie Fiancée... Je t'aime et je suis heureux !
Parce que tu existes. Parce que tu es là.
En fait, tu n'es pas si loin : tu es dans mon cœur à chaque instant, et dans les milliers de pensées qui me traversent toute la journée.

10 juillet.

Cher journal,

A peine ma licence de géographie en poche (je finis deuxième de la promo!!), Arthur, Noé, Boris et moi mettons le cap sur la Suisse pour une course d'anthologie de 76 kilomètres en montagne !

Quel week-end d'aventure, et quelle course ! C'était dur et c'était magnifique. Un peu trop dur, dirait-on, pour mes intestins délicats. Mais je reviens heureux malgré tout !

Départ rapide pour éviter les bouchons. Je rejoins Boris au cinquième kilomètre. On avance un peu ensemble, puis je poursuis mon effort. Je suis un peu réglé à l'envers par rapport à la plupart des coureurs : beaucoup me dépassent dans les descentes ; par contre dans les montées, mon rythme est plus rapide que la moyenne du flot des coureurs. Mais c'est pas évident de dépasser sur les petits sentiers pentus !

La grisaille matinale s'évapore et laisse place à un Soleil chaud et suisse.

Au 27ème, je mange quelques spaghettis à la tomate, étonné et ravi de les trouver là. Succession de descentes et de montées très raides.

Quelques pauses pour contempler et aussi pour rester le plus possible à l'écoute de mon corps. Au ravitaillement suivant, je prends un bouillon et avale quelques morceaux de pastèque.

35ème kilomètre ! Il fait environ 24 degrés. J'ai pu plonger ma casquette dans un torrent italien, me verser le tout sur la tête, ainsi que le contenu de ma gourde : ça fait du bien ! Après être passé de 2714m au Col des Chevaux, à 1200m, voilà une nouvelle longue montée à gravir !

Dans la vallée, il y a plein de monde qui est là pour nous encourager, au son des cloches des vaches savoyardes agitées par les enfants qui viennent taper dans les mains des coureurs, des joueurs d'harmonica et des gens qui offrent de l'eau. Ca fait chaud au cœur (et ça rafraîchit aussi!).

Puis, en montant, une longue procession silencieuse s'installe et s'étire, qui ne dit mot. Mais les marguerites, les chardons, les boutons d'or et bien d'autres fleurs viennent colorer les esprits. Bientôt, les alpages vont laisser la place aux blocs de pierre et aux plaques de neige héritées de l'hiver.

Je rêve d'une gigantesque salade de fruits avec de l'ananas, du melon, de la pastèque, de la pomme, de la poire, du raisin, de la pêche, de l'orange, des myrtilles et des framboises.

Je sais que j'en ai une petite qui m'attend dans la voiture, alors hop, on continue ! (Je rêve aussi d'un panaché bien frais.)

47ème kilomètre : après avoir été bien fatigué pendant 10 kilomètres, on dirait que ça commence à aller mieux. Je me suis octroyé quelques pauses pour tenir le coup. Au précédent ravitaillement, il y avait du

bouillon et, en boisson, du Rivella : c'est pétillant, c'est suisse et c'est bon !
Mais là, pas grand chose ne passe, à l'exception de la pastèque.
Je continue !
Boris n'est pas loin derrière moi, je crois. Arthur et Noé, pas loin devant.

51ème kilomètre : j'ai dû allonger mes pauses. Envie de vomir, rien à faire...
C'est bête parce que les jambes et le souffle vont bien !
Je vais un peu fermer les yeux.

55ème kilomètre : après avoir franchi la fameuse passerelle à la Indiana Jones, je reste plus d'1h30 au refuge. Les nausées sont terribles ! Finalement, c'est un jus de pomme qui va me remettre d'aplomb et me donner la force de poursuivre : 11 kilomètres à effectuer à la frontale jusqu'au prochain ravitaillement, où j'ai déjà décidé d'y stopper ma course. J'y retrouve Boris, qui s'est arrêté au 48ème kilomètre. Parti trop vite, sûrement. Quant à Noé et Arthur, ils vont au bout !

Quelle aventure, difficile, légendaire et superbe au final !
J'ai repéré qu'il y a aussi un 43 kilomètres, avec un passage à plus de 3000 mètres. Avec les copains, on se promet de le tenter un de ces jours !

6 août.
Cher journal,

Aujourd'hui est un grand jour : celui de l'Ultra Marathon de Lorraine (UML) !!

Il pleut beaucoup et le jour se lève tout doucement. Mais JE SUIS PRET ! Et surtout, je suis heureux de m'aligner sur le sas de départ de ce défi ultime, le plus costaud de ma Vie en nombre de kilomètres à parcourir.

De ma maison... A celle de Caroline ! J'adore ce symbole. Et pendant que je cours (et que je marche aussi un peu, sans doute), ma jolie Fiancée devrait recevoir un gros bouquet de fleurs. Je le fais livrer parce que je l'aurais sûrement abîmé un peu en courant avec.

Bientôt 6h du matin. Il n'y a plus qu'à me préparer, tout en finissant mon café. Et c'est parti !

COURIR PAR AMOUR...

8 août.

Cher journal,

L'Ultra Marathon de Lorraine : J'AI REUSSI !!

Départ de mon petit village sur les hauteurs arborées aux toutes premières lueurs du jour. Je suis très enthousiaste et la forme est au rendez-vous. Attention toutefois à ne pas me laisser aller à avancer trop vite !

Je me cale sur du 12 à l'heure de moyenne, allure qu'il est impensable pour moi de tenir toute la journée, mais suffisamment tranquille pour ne pas forcer.

Premier cadeau de la journée, au 6ème kilomètre, comme un signe de bonne augure : un cerf superbe et majestueux apparaît quelques instants devant nous !

Première étape au 17ème kilomètre où Louve achève sa course du jour chez Boris. Le temps d'un café, et c'est reparti ! Une fine pluie accompagne mes foulées, et mes pensées s'enchaînent au rythme de mes pas.

21 kilomètre. Je passe le premier semi-marathon en 1h50. C'est plutôt rapide vu ce qui reste au programme, mais ces quelques minutes gagnées sont bonnes pour le moral et me mettent en confiance. Après un petit goûter pris sous un abri bus au 33ème, je me remets à avancer. Je conserve presque la même allure jusqu'au Marathon que je boucle en 3h45.
La pluie s'est enfin arrêtée et je retire mon coupe-vent. Courir en tee-shirt, quel bonheur !

Au 47ème, petite escale dans une boulangerie pour m'offrir un sablé aux pépites de chocolat que je mets précieusement de côté pour fêter le deuxième Marathon.

11h11 : l'heure d'écrire à ma jolie Fiancée que je l'aime ! Et c'est dingue parce qu'Elle reçoit le bouquet de fleurs au même

moment ! (Merci au livreur pour cette précision redoutable.)
Les mots qu'Elle m'écrit alors me transportent et me donnent des ailes.

J'ai un peu faim mais je veux continuer jusqu'au 53ème : la mi-course, a priori. Ca commence à coincer un peu au niveau des plis de l'aine et je boitille un peu. C'est malin d'avoir choisi de vieilles chaussures de trail pour courir sur la route : certes, elles n'ont plus de crampons, mais elles n'ont plus grand chose d'autre non plus.
Pause casse-croûtes que j'engloutis avec grand plaisir !
Mais ces 15 minutes à l'arrêt rendent la remise en mouvement un peu difficile. Je décide alors d'alterner la marche et la course.
Je marche vite – à au moins 7km/h – pour demeurer dans l'effort. Sessions de 3 – 4 minutes, et je reprends la course à environ 10km/h.

Heureux de parvenir au 63ème, un semi-marathon de plus !

Un troupeau de vaches court à mes côtés le temps de la longueur de leur pré. C'est sympa de leur part !

Deux chevreuils se sont montrés vers midi, pile au moment où j'écrivais à Caroline pour lui souhaiter un bon appétit. Et voilà que j'en aperçois encore un, au loin, à la lisière d'une forêt.

Les messages que je reçois de ma Bien-Aimée, mais aussi des amis, font du bien et me donnent du courage.

Pas de chance, la pluie revient, et comme il faut ! En gros, j'avance d'Est en Ouest. Le vent souffle exactement dans l'autre sens !

Par deux fois, je suis archi-trempé par de véritables trombes d'eau et de grêle. J'avance même un temps avec un bras devant le visage, en espérant que mes lentilles ne vont pas s'échapper avec toute cette eau qui me frappe de plein fouet.

J'ai froid ! Et je sens que des ampoules se forment sous mes pieds tout mouillés.
Physiquement, ça devient un peu dur mais il y a ma détermination qui prend le relais : je veux réussir et je vais réussir !
Je suis porté par mon idée d'accomplir cette course comme symbole de mon Amour éternel pour ma merveilleuse jolie Fiancée.
Je souhaite que mon plus long défi pédestre soit pour Elle.

84ème kilomètre : deuxième Marathon ! C'est gagné, plus rien ne peut m'arrêter maintenant. Sauf mon fameux sablé aux pépites de chocolat, mais pas longtemps.
Les douleurs mécaniques s'estompent comme par magie, le Soleil fait quelques apparitions, et le vent toujours coriace sèche une fois de plus mes vêtements.
Je ne marche plus que dans les montées un peu sévères.

91ème kilomètre : j'écris à Caro qu'il doit me rester 15 kilomètres et que je devrais être là pour l'apéro.

94ème kilomètre : aïe, le temps a changé d'un coup et me voilà encore plié en deux sous un déluge de pluie ! Une dame s'arrête pour me proposer de me véhiculer. C'est super gentil, mais non merci !

La pluie s'éloigne et deux jeunes biches me regardent passer sans trop se méfier, et se laissent prendre en photo.

Le 100ème kilomètre en 10h36 : c'est plutôt bien, je suis content !

C'est peu après que j'entre enfin dans Pont-à-Mousson... Mais Caroline habite à l'autre bout de la ville !

Génial, un feu rouge : obligé de me reposer quelques secondes.

J'imagine mon arrivée et des larmes d'émotion et de fatigue commencent à monter. J'y suis presque.

Je tourne à droite dans la rue.

Ca monte fort pour finir. J'aperçois Caroline ! On se fait des grands signes.

J'accélère et je finis dans ses bras...

Ca y est !! 107,4 kilomètres en 11h29.
116000 pas. 1409 mètres de dénivelé positif (je me disais bien qu'il y avait quelques montées, parfois!). 12300 calories.

Une bonne douche plus tard, j'engloutis la salade de fruits dont j'ai tant rêvé et que Caroline a préparé pour moi. Un thé, une cuillérée de miel, et je suis prêt pour une bonne bière ambrée et un divin repas.
Un peu plus tard, je m'endors avec un massage – divin, lui aussi.
Un peu fatigué, j'avoue, mais tellement heureux d'avoir réalisé cette longue course pour dire JE T'AIME d'une manière un peu différente de d'habitude à ma Princesse.

Le lendemain, je suis un peu étonné de me sentir plutôt en forme. Un peu courbaturé, c'est tout !

Il faut déjà se dire au-revoir et prendre le train. Je passe l'après-midi au jardin, plongé dans des pensées qui me donnent le sourire, et tout en cueillant des mûres. Puis, Louve et moi allons nous balader pendant 1h30.

C'est bien, mon envie d'être en mouvement ne s'est pas du tout étiolée au fil des kilomètres, et je pense déjà à une balade plus longue pour le lendemain.

Pour ce qui est de courir, Louve va tout de même devoir m'accorder deux ou trois jours !

31 août.

Cher journal,

Et voici presque la rentrée ! Retour un peu brutal, un peu « cash » je dois dire, après une semaine sur les sommets, au sens propre comme au sens figuré. C'est un moment à traverser.

Un beau chalet alpin, des grandes balades en montagne, des rencontres avec des chamois, marmottes, lièvres, grenouilles... Et Louve et Daphnée tout simplement heureuses !

Moments de douceur aussi en jouant aux cartes ou avec un bon livre, une bougie allumée et la pluie au-dehors, assis tout contre ma jolie Bien-Aimée.

Mais voilà, la rentrée s'annonce : Caroline va passer son année de préparation au concours d'instit' à Nancy... Quant à moi, je vais faire la même chose, à Strasbourg.

J'aime bien être joyeux et optimiste. Voir en tout premier tout ce qui va

bien. Mais là, tout de suite, j'y arrive pas.
Si aucun changement ne survient, nos moments ensemble vont être réduits à peau de chagrin. Et toute cette route au programme, c'est juste dingue !
Est-ce que je vais tenir le coup ?
Comment faire pour retrouver Caro un peu plus ?
Question qui paraît aussi insoluble qu'un mauvais café.

Alors, il reste la confiance en la Vie. Qui apporte des occasions, des solutions et des bonnes idées.
Pour l'heure, je suis fatigué de me creuser la tête.
Je vais essayer d'être un peu plus joyeux. C'est super important. Me concentrer sur le Bonheur de tous les instants magiques que je vis.
Pas d'autre solution que d'accepter ce qui est.
C'est une nouvelle épreuve qui commence. Une épreuve géographique. L'épreuve du temps aussi, celui passé loin de Caroline, et celui passé sur la route.

Ce n'est pas une vie très paisible !

Mais notre Amour est là. Nos pensées (et nos textos) nous relient à chaque instant.

3 septembre.
Cher journal,

Neale Donald Walsch a écrit que d'avoir des pensées joyeuses, belles et optimistes est la plus grande et la plus efficace des prières. Parce que les pensées sont... créatrices !

Et c'est Gandhi qui a dit, je crois, que les utopies d'aujourd'hui sont la réalité de demain.

C'est exactement ça. Même lorsque ce qui arrive est compliqué à vivre. Surtout dans ces moments-là d'ailleurs !

Alors voilà, même si ce qui s'annonce n'est clairement pas mon truc, je reste optimiste : un de ces jours, il n'y aura plus à faire tous ces kilomètres.

Moi, je me vois bien instit' à vélo ou à pieds, et puis rouler avec la Deudeuche de temps en temps (dont j'aurais fait modifier le moteur afin qu'il avance à l'hydrogène... C'est sans doute ce que ferait Gaston Lagaffe!)

Hier fut une si belle journée avec les copains : une balade le matin, basket l'après-midi, une glace... Puis après avoir souhaiter bonne chance à Arthur et Boris pour leur premier triathlon, Noé et moi nous rendons sur la ligne de départ d'un 12 kilomètres en forêt !

Ce n'est qu'une petite minute avant de nous élancer que j'aperçois Monsieur Grant, placé juste derrière moi. Il me fait un sourire et un clin d'oeil.

Au terme du premier tour d'un petit étang, je me place vite en troisième position au moment de rejoindre le sentier. Il s'en suit une montée de deux kilomètres, vers le milieu de laquelle je prends la deuxième place. Je me retourne un instant : Noé n'est pas loin derrière, mais je n'aperçois pas Monsieur Grant.

Mais au 7ème kilomètre, alors que je suis toujours deuxième, de plus en plus proche du meneur, j'entends des pas qui se rapprochent. Puis, le voilà à mes côtés, qui me lance joyeusement :

– Bravo Théophile !! On continue ensemble ?

Incroyable ! Mon cher maître est décidément un grand coureur, ce n'est pas une légende... Ben oui, bien sûr, j'essaie de continuer avec lui ! Mais il est trop rapide. Ceci dit, je parviens à accélérer encore et je franchis la ligne d'arrivée avec un grand sourire. Le final est en musique, avec un public enthousiaste. Quel moment génial de se donner à fond !

Monsieur Grant gagne la course. Je suis deuxième, et Noé troisième : photo collector à envoyer à Boris et Arthur lorsque nous montons tous les trois sur le podium !

18 octobre.

Cher journal,

Lamartine a écrit : « un seul être vous manque et tout se dépeuple. » C'est dur.

Heureusement, je vais arpenter les vallons de mes foulées et de mes pensées. Et j'en reviens un peu apaisé.

Aujourd'hui, Louve et moi sommes partis pour près de 3 heures de course qui nous ont menées au sommet du Schneeberg, à près de 1000 mètres d'altitude, après avoir côtoyé des milliers d'arbres et des lieux aux noms germaniques dans lesquels les consonnes laissent décidément peu de place aux voyelles.

Sylvain Tesson écrit que « dans la vie, il suffit d'avoir abattu sa moisson de kilomètres quotidiens pour se sentir en paix. »

Les 11 kilomètres parcourus hier en marchant ne m'avaient largement pas suffis, alors il s'agissait de continuer aujourd'hui, et d'en abattre davantage, et plus vite !

Et effectivement, grâce aux images de la forêt traversée et à l'intensité salvatrice de l'effort physique, je me sens bien plus en paix ce soir.

Mais je reviens aussi du fin fond des bois avec une idée : je vais demander à quitter Strasbourg pour Nancy !

19 octobre.
Cher journal,

J'ai passé plusieurs appels au rectorat. Finalement, j'ai obtenu une adresse mail à laquelle écrire. C'est fait, il n'y a plus qu'à attendre la réponse !
Mais avant ça, lorsque j'ai fait part de mon idée à Caroline, Elle m'a donné cette citation de Coluche : « La Vie mettra des pierres sur ton chemin. A toi de décider si tu en fais un mur ou un pont. »

Je lui ai partagé mon mail, et j'ai ajouté en légende : « je vote pour le pont ! »

Et voici sa réponse :
« *Waouh ! Bravo mon Amour ! Je suis sûre que tu es un très bon architecte et que tu construis le plus joli de tous les ponts en pierres.*
J'ai hâte que l'on se retrouve... On a un joli pont à traverser.
Je t'aime !! »

Quand je te dis qu'Elle est merveilleuse...

20 octobre.
Cher journal,

Mon Amour,
Voilà que le fameux cap des trois jours est atteint. Tel le mur du 30ème au Marathon. Trois jours depuis notre dernier moment passé ensemble. Notre dernier baiser. Mon dernier plongeon dans l'océan bleu de tes yeux. Notre dernier rire partagé. Mon dernier état de grâce en ta présence fabuleuse. Je t'aime... Et tu me manques déjà tellement !
Mais quelques kilomètres après avoir franchi le mur, la forme revient, l'énergie et le souffle, parce qu'on sait la ligne d'arrivée toute proche. Du moins, plus si loin que ça.
Ma ligne d'arrivée, c'est lundi !
Je vais donc franchir bien vite ces kilomètres douloureux... Et retrouver vitesse et enthousiasme pour accomplir les derniers.
Mais à chaque instant du parcours, notre Amour est dans mon cœur, et il m'aide à accomplir chaque pas, il allège chaque foulée.

Je t'embrasse tout fort ma merveilleuse jolie Fiancée !!

22 octobre.
Cher journal,

Ca a marché !!!!! Youpiiiiiiiii !!
Après les vacances d'automne, je ferai ma rentrée à Nancy !
Et, devine quoi... Je serai dans la même classe que Caroline !! Comme au collège !

Dès demain, avec l'aide d'Agathe, Boris, Arthur, Noé et Eléa, on va préparer nos cartons, car... Caro et moi allons emménager ensemble !!
On a trouvé un joli petit appart' près d'un parc, avec un petit balcon sur lequel on pourra poser une table ronde et deux chaises, ainsi que quelques pots d'herbes aromatiques. A l'intérieur, un vieux parquet blanchi, un mur recouvert de bois, et une chambre en mezzanine avec une grande fenêtre qui donne sur les arbres du parc.

JE SUIS HEUREUX !!

6 novembre.
Cher journal,

Mon Amour,
Les 16,7 kilomètres de ce matin m'ont emmenés sur un rocher tout habillé de stalactites et offrant une vue superbe.
J'ai bien réfléchi : à mon avis, tu dois être la réincarnation de Vénus, la Déesse de l'Amour, de la Grâce et de la Beauté.
Je ne sais pas ceci dit quel était le tempérament de Vénus dans la Vie de tous les jours parce que, pour Toi, il faudrait ajouter la douceur, l'humour et la bienveillance ; la gentillesse et la générosité.
Tu es la Déesse Ultime et, ni le sommet du Mont Olympe, ni celui de la butte de Mousson ne sont assez hauts.
Toi, tu demeures sur un Petit Nuage qui se promène dans le ciel bleu ou sous la voûte étoilée.
Petit Nuage sur lequel je te rejoins dès que je peux.

C'est parce que je suis totalement sous ton charme, tellement amoureux, bouleversé par ta présence gracieuse... que je parviens à m'élever et à me poser auprès de Toi. L'Amour donne des ailes. Mais Toi, tu es née avec.

Je finis cette petite lettre depuis chez nous (mais je vais la poster quand même vu que j'ai acheté un joli timbre) après avoir passé toute la nuit sur une île fabuleuse d'une largeur de 220 centimètres et recouverte d'une couette.
Le Bonheur à m'y trouver à tes côtés est juste indescriptible.
Même si certains animaux sauvages et insomniaques parviennent à nous y rejoindre pour nous mordiller les pieds ou tenter de nous lécher le dos...
Venir tout contre Toi, vraiment tout contre, m'enivrer de la douceur de ta peau et de ton parfum, et de tes baisers, me transportent au Paradis.

Je t'aime pour toute la Vie ma jolie Fiancée !

Ton Théophile.